HERBERT BECKMANN

Die Konitzer Mordaffäre

HETZJAGD Westpreußen im März 1900. Der Schüler Ernst Winter ist auf grausame Weise ermordet worden: regelrecht geschlachtet und zerstückelt. Zuerst taucht sein Torso im angrenzenden Mönchsee auf, nach und nach werden auch die anderen Körperteile gefunden. Die örtliche Polizei und die Justiz erweisen sich schnell als überfordert, Wut und Hysterie in der Bevölkerung brechen sich Bahn. Antisemiten vor Ort und in Berlin schüren erfolgreich das Gerücht, die Juden hätten Ernst Winter geschächtet und verhöhnten nun die Christen. Pogromstimmung greift um sich, besonders der jüdische Schlachter Adolph Lewy und seine Söhne werden als Täter verdächtigt und angegriffen.

Berlin schickt den noch jungen Kommissar Wehn nach Westpreußen, dann den erfahrenen Inspektor Braun. Beide verfolgen neue Spuren. Doch die schlimmsten antisemitischen Gewaltexzesse des deutschen Kaiserreichs können weder sie noch der liberale Bürgermeister Deditius mehr aufhalten.

Der Roman- und Hörspielautor Herbert Beckmann, geboren 1960, lebt in Berlin und ist Mitglied im VS Berlin-Brandenburg. 2010 und 2012 war er für den Sir-Walter-Scott-Preis nominiert.

Bisherige Veröffentlichungen im Gmeiner-Verlag:
Rumpelstilz (2015)
Verrohung (2014)
Hühnerhölle (2013)
Die Nacht von Berlin (2011)
Mark Twain unter den Linden (2010)
Die indiskreten Briefe des Giacomo Casanova (2009)

HERBERT BECKMANN

Die Konitzer Mordaffäre

Roman

GMEINER SPANNUNG

Besuchen Sie uns im Internet:
www.gmeiner-verlag.de

Im Ehnried 5, 88605 Meßkirch
Telefon 07575/2095-0
info@gmeiner-verlag.de

1. Auflage 2015

Lektorat: Claudia Senghaas, Kirchardt
Herstellung: Mirjam Hecht
Umschlaggestaltung: U.O.R.G. Lutz Eberle, Stuttgart
unter Verwendung eines Bildes von: © www.zeno.org/Ansichtskarten/M/Konitz,+Westpreußen/Stadtansicht+mit+Mönchsee
Druck: GGP Media GmbH, Pößneck
Printed in Germany
ISBN 978-3-8392-1801-3

VORBEMERKUNG

Die ›Konitzer Affäre‹ erschütterte das wilhelminische Deutschland wie kein anderer Mordfall. Der Mord an Ernst Winter und die katastrophalen Ereignisse des Jahres 1900 erscheinen heute zudem wie ein monströses Vorspiel dessen, was knapp vier Jahrzehnte später geschah. In eben dieser Region Westpreußens begann der Holocaust in einer auffallend frühen Phase. Ansässige Deutsche überfielen ihre jüdischen Nachbarn, Polen sowie Patienten psychiatrischer Krankenhäuser und ermordeten sie.

Ein Menetekel.

Doch ist dies Buch kein historisches Werk, sondern ein Roman, in dem Fakten und Fiktion eine untrennbare Einheit eingehen. So tragen zwar die handelnden Hauptpersonen ihre historisch richtigen Namen, die individuelle Figurenzeichnung aber und sämtliche Dialoge sind erfunden.

H.B., Berlin im November 2014

DER TORSO IM SEE

Der 13. März 1900 war ein Dienstag, kalt und wolkenverhangen, nicht untypisch für das Wetter in Westpreußen um diese Jahreszeit.

Ich war seit dem Vormittag mit Plänen für ein neues Rathausgebäude befasst, das der Bedeutung von Konitz als Kreisstadt gerechter werden sollte als das, in dem ich seit gut zwei Jahren als Bürgermeister meinen Amtssitz hatte.

Gegen zwei Uhr trat Kriminalschutzmann Beyer in meine Amtsstube, das Gesicht aschfahl.

»Ja?«

»Bitte um Vergebung, Herr Doktor, am Mönchsee, in der Spüle …«

Er stockte, seine Lippen zitterten.

Als Bürgermeister von Konitz war ich damals zugleich Chef der Polizeibehörde, obwohl ich als gelernter Verwaltungsjurist wenig Begabung für diese undankbare Aufgabe verspürte.

»Man hat … etwas im See gefunden. Ich habe bereits nach Polizeisergeant Nasilewski, aber … Und Polizeisergeant Lenz ist auch nicht aufzufinden.«

Nasilewski lag krank im Bett. Lenz nahm an einem Manöver teil, unweit von Konitz, in der Tucheler Heide. Deshalb kam Beyer nun direkt zu mir.

»*Was* für ein Etwas hat man im See gefunden, Beyer?«

Er schüttelte nur den Kopf, das nackte Entsetzen in den Augen.

Ich nahm Mantel und Hut und eilte mit Beyer durch die schmale Convictstraße der Spüle zu, unmittelbar neben der Synagoge der Judengemeinde. Im Sommer wurde hier Wäsche gewaschen, jetzt hatte sich eine große Menschenmenge am Ufer versammelt, darunter auch Halbwüchsige und Kinder. Man redete aufgeregt durcheinander, gestikulierte heftig, einige Leute stocherten mit Stangen, Spazierstöcken und abgebrochenen Ästen im grauschwarzen Wasser, auf dem noch immer eine dünne Eisschicht lag.

Ich erkannte die massige Gestalt von Staatsanwalt Settegast, der mit gesenktem Kopf am Ufer stand, gleich neben einem untersetzten Mann mit schwarzem Vollbart, tief gebeugt, gestützt von einem weiteren Mann – es war der Bäckermeister Lange, sein Laden lag am Markt, schräg gegenüber dem Rathaus.

Beyer verschaffte mir Platz gegenüber den Gaffern. Ich trat zu der Gruppe, die, wie ich jetzt bemerkte, einen Halbkreis um eine Art Paket bildete; in triefend nasses braunes Packpapier gebunden, lag es am Boden wie ein Stück Unrat. Jemand hatte die fingerdicke Schnur, mit der das Paket umwickelt war, weit genug zur Seite gezerrt, um das Papier an einer Seite der Länge nach aufreißen zu können.

Beyer hatte recht gehabt, *etwas* befand sich darin, etwas Weißes, Festes, Fleischiges mit blassroten und bräunlichen Rändern.

Der gebeugte Mann mit dem Vollbart, er mochte (wie ich) um fünfzig Jahre alt sein, hielt sich beide Hände vor das Gesicht und schluchzte.

Settegast bemerkte mich jetzt, nickte mir finster zu und kam mir ein paar Schritte entgegen. Er war Erster Staatsanwalt am Konitzer Landgericht, wir kannten uns selbstverständlich von regelmäßigen Treffen; die Konitzer Bevölkerung war schon immer bekannt für ihren Hang zur Brutalität.

»Was geht hier vor, Herr Staatsanwalt? Was soll der Menschenauflauf? Warum weint dieser Mann? Was ist das für ein Paket?«

Settegast schien kurz zu überlegen, welche Frage er zuerst beantworten solle. Dann warf er einen kurzen Seitenblick auf den verzweifelten Mann und das Ding am Boden.

»Sein Sohn, seit dem Sonntag vermisst. Der Vater hat ihn vorhin gefunden. Vielmehr diesen Teil von ihm.«

»Was denn, das Paket dort?«

»Es ist der Oberkörper, der Rumpf, wie's aussieht.«

»Ein Torso? Und der Mann ist sich sicher, dass es sein Sohn ist?«

»Vollkommen, wie's scheint.«

»Haben Sie selbst den … den Fund schon untersucht?«

»Ich wollte mit dem vollständigen Eröffnen auf Sie warten, Herr Bürgermeister.«

»Ich bin kein Rechtsmediziner, Herr Staatsanwalt.«

»Ich ebenso wenig. Aber wir können nicht warten, bis ein Spezialist aus Danzig eintrifft.«

»Nein. Das können wir wohl nicht. Was ist mit dem Kreisarzt?«

»Doktor Müller ist selbstverständlich informiert. Oder, Schutzmann?«

Er warf Beyer, der sich im Hintergrund gehalten hatte, einen scharfen Blick zu.

»Ach herrje. Wo habe ich nur meinen Kopf?«

»Wenn Sie denn überhaupt einen haben!«

Settegasts rundes, nervös zuckendes Gesicht, lief wutrot an.

»Sie bringen mir jetzt sofort den Doktor Müller her, Mann!«

Beyer zog mit eilig staksenden Schritten ab. Er war überfordert. Wir alle waren es.

Ich deutete mit dem Kinn auf den Mann, der jetzt nicht mehr weinte, sondern schlaff in den Armen des Bäckermeisters hing, der ihn stützte und doch selbst am Ende seiner Kräfte schien.

»Wer ist der Mann? Wie heißt er?«

»Der Mann heißt Winter. Kommt aus Prechlau. Sein Sohn wohnte bei Lange zur Untermiete. Seit gestern früh wurde er vermisst. Lange hat dem Vater telegrafiert, damit er herkommt.«

Settegast zuckte die Schultern, mehr wusste er selbst noch nicht. Und mehr war aus dem unglücklichen Vater gegenwärtig auch nicht herauszubringen. Settegast wandte sein Gesicht dem Paket zu und blickte mich dann eigentümlich verlegen und säuerlich an.

Es war klar, was er mir damit sagen wollte. Dass er es für meine Pflicht hielt, mich diesem Etwas, dem Torso im halb aufgerissenen Paket, zu widmen, es nun auch selbst in Augenschein zu nehmen und eigenhändig zu untersuchen.

Ähnliches dachte wohl auch die gaffende Menge, die ihre Scham gegenüber dem Vater im Angesicht des Leichenfunds mehr und mehr aufgab und einen immer engeren Kreis um das bräunliche nasse Ding zog.

Ich musterte die Menge, lauter bekannte Gesichter, die mich oder das Etwas anstarrten.

In vorderer Reihe erkannte ich Preuß' ausgemergelte Gestalt. Preuß war ehemaliger Polizeisergeant in Konitz, vor gut einem Jahr pensioniert.

Ich rief ihn heran.

»Jawohl, Herr Doktor. Immer zu Diensten.«

»Preuß, Sie sehen ja. Betrachten Sie sich angesichts der Lage hier als zurück im Dienst. Bis auf Weiteres.«

»Jawohl, Herr Doktor. Danke ergebenst.«

»Schaffen Sie mir als Erstes die Schaulustigen vom Halse. Und sorgen Sie um Himmels willen dafür, dass die Kinder den Ort verlassen.«

»Jawohl, Herr Doktor, zu Befehl.«

Preuß kam meiner Aufforderung eifrig und lautstark nach.

»Platz da, Leute! Platz für die Obrigkeit! Fort, fort!

He, und du da, Balg, verschwinde, mach, dass du zu deiner Mutter kommst, wird's bald!«

Er war bereits wieder ganz der alte Polizeibeamte, der er ein Leben lang gewesen war, und die Menge gehorchte ihm. Ich ging nun wie mit Blei in den Schuhen auf das Leichenfundstück zu, beugte mich darüber, leidlich gestützt auf meinen Stock.

Weißes Fleisch, aufgedunsen, eine blässlich-braune Brustwarze, dunkelblondes sich kräuselndes Brusthaar.

Mir wurde übel, ich erhob mich und wandte mich an Preuß, der nach vorerst getaner Arbeit neugierig nähergekommen war.

»Haben Sie ein Messer, Preuß?«

»Jawohl, Herr Doktor.«

Er reichte mir sein Taschenmesser. Ich atmete die kalte Luft, die über die gefrorene Haut des Sees herangetragen wurde, tief ein und machte mich dann daran, das Paket ganz aufzuschneiden. Das war schwieriger, als gedacht, denn unter dem groben Packpapier, das leicht zu entfernen gewesen war, kam Sackleinen zum Vorschein, mit einem starken Faden sorgfältig zugenäht.

Ich ertrug den Anblick des toten Fleisches nur wenige Sekunden lang. Die Zeit reichte aber, um zu erkennen, dass es sich um den markanten Brustkorb eines muskulösen, gewiss athletischen jungen Mannes handelte, ohne Hals, ohne Arme, unter den Rippen abgetrennt.

Ich richtete mich auf, trat ein paar Schritte zurück, gab Preuß das Messer und wandte mich an Settegast.

»Das Rückgrat abgesägt. Sieht geradezu fachmännisch aus. So etwas kann nur ein Schlachter fertigbringen.«

Vielleicht, ja wahrscheinlich, war diese unbedachte, halblaut ausgesprochene, erste spontane Äußerung unter dem schockierenden Eindruck dessen, was ich in Augenschein genommen hatte, bereits der Anstoß zu allen weiteren katastrophalen Ereignissen.

Settegast wollte etwas sagen oder vielleicht auch nicht, er kam nicht dazu, denn von Leuten nahe der Holzkonstruktion, die bei der Spüle in den See hineinragte, wo deshalb das Wasser eisfrei war, drangen plötzlich Schreie zu uns herüber, die ebenso gut Jubel- wie Entsetzensrufe sein konnten.

Ich forderte Preuß auf, nachzusehen, was das zu bedeuten hätte, und bekam kurz darauf die Antwort von ihm.

»Ergebenst, Herr Doktor, noch ein Fund. Wie der erste.«

Zwei Fundstücke an zwei Stellen waren gegen die geifernde Menge mit nur einem Hilfspolizisten nicht zu verteidigen.

»Bringen Sie ihn her, Preuß.«

Preuß kam mit einem Paket zurück, das wie das erste in grobes Packpapier eingewickelt war. Eine Übelkeit erregende blassrote Flüssigkeit tropfte heraus. Er legte es keuchend neben den ersten Fund. Ich wies ihn an, es zu öffnen, ich selbst war außerstande dazu, es kostete mich unendliche Kraft, mich nicht auf der Stelle zu übergeben – im Angesicht einer immer größer werdenden Menschenmenge, die von allen Seiten heranströmte. Im Hintergrund sah ich den Vater, er war in den Armen des Bäckers vollkommen in sich zusammengesunken, ein Bild tiefster Verzweiflung.

Es war der untere Teil des Torsos, das Becken mitsamt Gesäß und Geschlecht, der Bauch ausgeweidet wie ein Stück vom Vieh, bis auf ein gräulich glänzendes Stück, ein Rest des Darms, wie sich später erweisen sollte.

Preuß erhob sich, klappte sein Messer zu und bahnte sich wütend einen Weg durch die Menge, um sich am Zaun, der an das Grundstück der Judengemeinde grenzte, zu übergeben.

Settegast trat neben mich, eine Hand vor der Nase.

»Was sagen Sie, Herr Bürgermeister, sieht aus, als passten die Stücke aneinander?«

Er ließ den Blick über den gefrorenen See schweifen.

»Wir müssen den See absuchen. Das sind wir dem Vater schuldig.«

Preuß kam zurück und hielt weiter die Menge in Schach, so gut es ging. Kurz darauf erschien Beyer mit dem Kreisarzt an seiner Seite.

Doktor Müller war ein großer, korpulenter Mann mit krebsrotem Gesicht, das – ein offenes Geheimnis in Konitz – seinen stetigen Alkoholkonsum anzeigte. Da er damals kurz vor seiner Pensionierung stand, kümmerte es jedoch kaum noch jemanden.

Doktor Müller kläffte die umstehenden Gaffer mit ihren erregten Gesichtern an wie ein Hofhund, bevor er sich ächzend vor die beiden Pakete kniete. Er klatschte Packpapier und Sackleinen wütend zur Seite und stocherte mit dem ausgestreckten Finger in die Leichenteile hinein.

Ich musste wegsehen.

Wenig später erhob der Arzt sich wieder mühsam und kam mit gequälter Miene auf mich und Settegast zu.

»Grässliche Sache. Der Vater?«

Er zeigte mit dem Spitzbart in die Richtung.

Settegast nickte schwer mit dem Kopf.

»Armer Mann.«

Mich interessierte, was Doktor Müller herausgefunden hatte.

Er gab einen knurrenden Laut von sich.

»Fein säuberlich zerlegt, das sehen Sie ja. Lassen Sie die Leichenteile ins Spital bringen, Herr Bürgermeister. Sie gehören in Spiritus. Eine eingehende Obduktion ist erst in der Pathologie möglich.«

Ich rief Beyer heran, um den Transport zu veranlassen.

Der Kreisarzt schüttelte leicht den Kopf.

»Merkwürdige Sache übrigens, meine Herren.«

Settegast und ich blickten ihn aufmerksam an.

»Der Körper ist vollkommen blutleer, das ist gewiss. Wirklich eigenartig.«

Auch dieser Satz, in Hörweite vieler Neugieriger ausgesprochen, die jeden Fetzen unseres Gesprächs begierig aufgriffen, sollte noch fatale Folgen haben, weit schneller, als ein Mensch sich dies hätte vorstellen können.

Es mussten nun schnellstmöglich Entscheidungen getroffen werden. Keiner von uns war je vorher in einer solchen Situation gewesen. Für die Sicherheit und Ordnung am Ort war ich in meiner Funktion als Bürgermeister und Polizeichef zuständig. Der Erste Staatsanwalt übernahm die Leitung der Untersuchung des Mordfalls, in die ich von Amts wegen ebenfalls eingebunden war. Kreisarzt Doktor Müller war selbstverständlich für den fachgerechten Umgang mit den Leichenteilen zuständig.

Mir war klar, dass von Winter in seiner augenblicklichen Verfassung im Moment keine klare Darstellung des Geschehenen zu bekommen war; daher hielt ich mich fürs Erste an den Bäcker, den Wohnungswirt des jungen Winter. Ich sprach zunächst dem Vater des Opfers mein Beileid aus und bat Lange, den verzweifelten Mann vorerst bei sich aufzunehmen, und noch am Nachmittag im Rathaus zu erscheinen.

Settegast ordnete unterdessen an, dass die Menge zerstreut werde, damit alle verfügbaren Kräfte von Polizei und Feuerwehr sowie Freiwillige des Kriegervereins den Mönchsee nach weiteren Leichenteilen absuchen konnten.

Ich hielt es für angebracht, den Landrat persönlich zu informieren. Das imposante Gebäude des Kreishauses lag westlich der Altstadt, in Sichtweite des Schlochauer Tors und der Reste der mittelalterlichen Stadtmauer. Der Baron jedoch war nicht anwesend, nicht einmal sein Assistent konnte Auskunft geben, wo er sich zurzeit aufhielt. So begab ich mich zurück ins Rathaus, um für die Suche am Mönchsee weitere Schutzleute aus den umliegenden Gemeinden anzufordern.

Etwa eine Stunde später, gegen fünf Uhr, erschien Bäckermeister Hermann Lange in meinem Arbeitszimmer, und ich ließ umgehend Settegast holen, der am Mönchsee die Suche nach weiteren Leichenteilen beaufsichtigte. (Man mag daraus ersehen, wie eng und fußläufig erreichbar in unserer kleinen Stadt alles beieinanderliegt, kaum hundert Schritt vom Markt bis hinunter zum See.)

Lange, ein seinem Gewerbe entsprechend dicklicher Mann von Anfang sechzig, sah schwer gezeichnet aus. Sein Gesicht war grau, die Haut schlaff, an den Wangen unrasiert. Seine Stimme kam schleppend wie nach schwerem Alkoholgenuss, das verstärkte den derangierten Eindruck.

»Ernst Winter war ja noch keine neunzehn Jahre alt. Gebürtig aus Prechlau. Sein Vater, Johann Winter, ist kleiner Bauunternehmer dort. Der Junge ging aufs Gymnasium drüben, wohnte seit einem Jahr bei mir.«

Settegast runzelte die Stirn.

»Was heißt, wohnte bei mir, Lange? Hatte er Familienanschluss bei Ihnen?«

»Kost und Logis, Herr Staatsanwalt. Ein kleines

Zimmer im Parterre hinten. Sonst, na, ging er seiner Wege.«

»Und am Sonntag, Herr Lange, wo war er da?«

»Am Sonntag? Den Vormittag wird er zur Messe gewesen sein. Mittags hat er dann mit meiner Frau und mir zusammen gegessen. Wir haben ja keine Kinder. Aber der Lehrjunge und unser Geselle waren auch dabei.«

»Um wie viel Uhr war das?«

»Um eins, Herr Staatsanwalt, wie immer. Gab Suppe. Milchsuppe. Schweinefleisch, Kartoffeln.«

»Gut, gut. Ein Sonntagsessen eben. Weiter.«

»Ja. Also …«

Lange blickte irritiert zu Settegast auf, der sich stehend, den Arm abgewinkelt und die Faust in die starke Hüfte gestemmt, vor ihm aufgebaut hatte wie ein ungeduldiger strenger Professor.

»Also, Ernst hat kräftig zugelangt, hat ja auch immer viel Sport getrieben, war ein guter Schwimmer, aktiv im Turnverein, auf dem Eis ist er gern gelaufen und Zweirad gefahren auch.«

»Ein richtiger Tausendsassa, der Junge, was? Ging er auch zu, na, gewissen Damen? Sich ordentlich die Hörner abstoßen?«

Settegast spielte auf die notorisch hohe Zahl Prostituierter in Konitz an. Dass die Jungen vom Gymnasium sie häufig frequentierten, war ihm wie mir wohl bekannt. Den Gedanken, dass dem Milieu der Zuhälter am Ende vielleicht auch eine so abscheuliche Tat zuzutrauen wäre, teilte ich im Stillen durchaus mit ihm.

Lange überlegte kurz, schüttelte dann aber den schweren Kopf.

»Ich habe ihm wie allen Jungen in meinem Haus regelmäßig ins Gewissen geredet. – Und gegen den Tanzkurs, den er besucht hat, eine Zeit lang wenigstens, war ja nun nichts zu sagen.«

Der Staatsanwalt schien unzufrieden mit dieser Antwort, mit der sich der Bäckermeister allzu offensichtlich als ein durch und durch verantwortungsbewusster Wohnungswirt darzustellen versuchte, dem an all dem Schrecklichen keine Mitschuld vorzuwerfen war.

Ich lenkte daher die Vernehmung wieder auf das Vorrangige, auf den Ablauf der Geschehnisse am Sonntag.

»Ernst Winter aß also um eins mit Ihnen zu Mittag. Und danach?«

»Ging er aus dem Haus. Gewöhnlich ging er sonntags spazieren. Schlochauer Tor, Danziger Straße, Wilhelmsplatz. Stadtwald auch, soviel ich weiß, und Mönch… Mönchsee.«

Settegast hob das Kinn.

»Was trug er? Mantel, Hut, Stock et cetera? Genaue Beschreibung bitte.«

Lange überlegte eine Weile.

»Er hatte seinen Sonntagsanzug an, natürlich, den dunkelblauen. Krawatte, darüber den schwarzen Mantel, Webpelz. Seidenhalstuch, ebenfalls bläulich, glaube ich, mit roten Tupfen, ziemlich auffällig, na ja, die Jugend. Dann seine schwarze Filzmütze, goldene Knöpfe am Rand. Ein Stock? Nein, soviel ich weiß. Aber seine silberne Taschenuhr, die hatte er ganz sicher dabei.«

»Sie sagten, Winter besuchte das Gymnasium, Herr Lange. In welche Klasse ging er?«

»Obertertia, Herr Bürgermeister. Ich denke, so heißt das richtigerweise.«

Settegast setzte eine staunende Miene auf.

»Obertertia? Ich denke, der junge Mann war bereits achtzehn, da erwarte ich doch Unterprima mindestens, oder gar Oberprima! War er ein Bummelant?«

»Nein, nein, Herr Staatsanwalt, im Gegenteil, er war sehr fleißig. Nur dass er früher bereits die Schule unterbrochen hatte. Um Zimmermann zu werden. Hat die Hälfte der Ausbildung gemacht, anderthalb Jahre. Ist dann lieber zum Gymnasium zurück. Deshalb sein Alter.«

Ich sah mich genötigt, erneut auf die unmittelbare Vorgeschichte der Ermordung des Jungen zurückzulenken.

»Na schön, Herr Lange, Winter ging also am frühen Nachmittag spazieren. Und wie weiter?«

»Er kam nicht mehr zurück, Herr Bürgermeister, den ganzen Tag nicht. War ja schönes Wetter am Sonntag, die Sonne schien prächtig.«

Ja, der Sonntag war ein prachtvoller Tag gewesen, klirrend kalt, aber das waren wir gewohnt hier oben, und ein strahlend blauer wolkenloser Himmel entschädigte allemal dafür. Wir waren am Sonntag selbst am Mönchsee spazieren gewesen, meine Frau und ich.

»Ernst machte das öfter so am Sonntag. War mit seinen Schulfreunden unterwegs.«

»Er blieb also den ganzen Tag fort, Herr Lange, den Abend – und die Nacht?«

»Auch. Wie gesagt, Herr Doktor, das kam gelegentlich schon mal vor. Bloß war er bisher spätestens in den frühen Morgenstunden zurück. Wir Bäcker sind ja zeitig auf, da bekommt man derlei schon mit. Aber diesmal ... Nur der Bülow, Paul Bülow, war wieder da.«

»Wer ist das nun wieder?«

»Ein anderer junger Mieter in meinem Haus, Herr Staatsanwalt, bisschen jünger als Ernst, ebenfalls Schüler am Gymnasium drüben. Paul war schon seit dem Sonntagmorgen auf Tour, wollen wir mal sagen. Montag früh war er aber wieder da, zum Glück. Nur Ernst Winter, der blieb weg.«

»Sie machten sich zu diesem Zeitpunkt bereits Sorgen?«

»Ja. – Ja, das tat ich, Herr Bürgermeister. Wie gesagt, für Ernst Winter war dergleichen denn doch ungewöhnlich.«

Er sah mich offen an und schüttelte leicht den Kopf.

»Ich schickte meinen Lehrjungen zu den Verspohls in der Mühlenstraße, drüben auf der anderen Seite des Marktplatzes. Verspohls sind weitläufig mit Winters verwandt, Kurt Verspohl ist zwei Jahre jünger als Ernst und geht mit ihm in eine Klasse. Dort blieb Ernst gelegentlich auch über Nacht. Aber bislang nie, ohne mir oder meiner Frau vorher Bescheid zu sagen. Er war ein zuverlässiger Junge. Reif im Vergleich zu manchen anderen Gymnasiasten, die man so kennt.«

Er seufzte tief und schwieg eine Weile.

Ich ließ den Mann sich kurz sammeln, doch Settegast schreckte ihn geradezu auf.

»Nun, weiter, mein Herr, was unternahmen Sie als Nächstes? Setzten den Vater des Jungen in Kenntnis, nehme ich doch an?«

»Verzeihung. Ja, Verspohls hatten Ernst am Sonntag nicht gesehen, nichts von ihm gehört, da wurde ich denn immer unruhiger. Ich ging Montag Vormittag aufs Postamt und telegrafierte den Eltern nach Prechlau. Der Vater traf am gestrigen Abend in Konitz ein.«

Settegast schüttelte unwirsch den Kopf.

»Wieso erst am Abend? Prechlau liegt, korrigieren Sie mich, Herr Bürgermeister, zwanzig, fünfundzwanzig Kilometer von hier. Mit der Eisenbahn ist das in kurzer Zeit geschafft, nein?«

»Doch, Herr Staatsanwalt, doch. Aber Johann Winter, das ist kein Mann für die Eisenbahn, wissen Sie. Der ist nun mal lieber mit eigenem Pferd und Wagen unterwegs.«

Settegast zog erstaunt die Brauen hoch.

»Aber doch nicht, wenn es ums eigene Fleisch und Blut geht, lieber Mann! – Nun, also, ich nehme an, der

Vater konnte nicht allzu viel mehr unternehmen nach seinem späten Eintreffen?«

»Nein, Herr Staatsanwalt. Es war schon dunkel. Er ging noch zu Verspohls, erfuhr aber nichts Neues dort. Wir besuchten noch drei, vier Familien der Klassenkameraden, die ich und meine Frau als seine Freunde erinnerten. Keiner hatte ihn seit dem Sonntag – Sonntag Nachmittag – mehr gesehen.«

»Schön. Und heute?«

»Heute Vormittag suchte der Vater jeden Winkel, jede Gasse, jede Straße in der Stadt ab. Nach dem Mittag versuchte ich, ihn abzulenken, ihn zu beruhigen, der Junge käme schon noch zurück. Was man so sagt.«

Settegast blickte ihn streng an.

»Was natürlich töricht war, mein Herr. Sie hätten sich besser schleunigst an die Polizei gewandt.«

»Selbstverständlich, ja, das hätten wir … Winter schlug aber vor, erst noch selbst zum Mönchsee hinunterzugehen. Vielleicht wäre der Ernst im Übermut auf dem dünnen Eis Schlittschuh gelaufen und eingebrochen.«

Ich war verblüfft.

»Der Vater ging also zu diesem Zeitpunkt bereits davon aus, dass der Sohn tot war, Herr Lange?«

»Ja, Herr Bürgermeister. Er dachte an ein Unglück. Vielleicht, dass sein Ernst ertrunken war.«

Settegast schaltete sich wieder ein.

»Sie gingen also zum See. Und?«

»Ja, also eine dünne Eisschicht bedeckte ihn.«

»Wissen wir, wissen wir doch, Lange!«

»Um Verzeihung. Ich wollte nur … Wir suchten also das Ufer ab. An der Spüle sahen wir dann das große … das Paket.«

Er schluckte schwer und konnte eine Weile nicht weiterreden.

»Ich zog das verschnürte Ding schließlich mit meinem Stock zu uns heran, und wir trugen es gemeinsam ans Ufer. Ich ahnte noch nicht das Schlimmste, so etwas Schreckliches kann sich ja kein Mensch ausdenken. Auch wenn bereits eine eklige Flüssigkeit aus dem Paket herausfloss, hellblutrot.«

Blut und Wasser, wie wir nun alle wussten.

Das Grauen stand ihm wieder ins Gesicht geschrieben. Dasselbe Grauen, das auch mich und gewiss alle gepackt hatte, die den grässlichen Fund mit angesehen hatten.

Ich entließ den Zeugen Lange mit der Aufforderung, nunmehr umgehend den Vater des vermissten Jungen zu holen und aufs Rathaus zu führen. (Streng genommen konnten wir zu diesem Zeitpunkt allerdings noch nicht endgültig davon ausgehen, dass es sich bei dem Toten wirklich um Ernst Winter handelte.)

Eine gute Stunde später erschien Lange wieder, zusammen mit Winter.

Johann Winter war ein Mann, dessen ledriges, grob geschnitztes Gesicht der schwarze Vollbart nicht verbergen konnte. Seine kräftige, untersetzte Statur, seine großen, rauen, muskulösen Hände, seine massigen Schultern verrieten deutlich seine jahrzehntelange Tätigkeit im Bauhandwerk.

Seine tiefe Bassstimme rang sich jedoch nur mit äußerster Mühe, wie unter starken körperlichen Schmerzen, aus dem breiten Brustkorb hervor.

Der Mann war am Ende seiner Kräfte.

Ernst, sagte er aus, sei sein einziger Sohn gewesen, vier Töchter blieben ihm nun noch. Er sei stets ein guter Junge gewesen, »anständig, fleißig«.

Settegasts scharfe Frage, warum um des Himmels willen er denn nicht auf dem schnellsten Wege, das heißt mit der Eisenbahn, von Prechlau angereist sei, nachdem Lange ihm das Verschwinden seines Sohns telegrafiert habe, beantwortete Winter nur mit einem verständnislosen Blick.

Über die anschließende Suche nach dem Sohn in Konitz wusste er nicht mehr zu sagen, als was Lange schon berichtet hatte.

Massig und schwer saß er auf dem harten Stuhl, beide Hände (wahre Bärenpranken) auf die Knie gestützt. Alles in allem hielt er sich tapfer, selbst als er dann vom Schlimmsten sprechen musste.

»Ich sah das … das Paket im Wasser. Aber ich weiß nicht, war ich es oder Lange, der es … Mit dem Stock, dann mit dem Finger haben wir ein Stück vom Papier aufgerissen. Und dann auch vom Leinensack. – Gott, das weiße Fleisch, die Brust von meinem Jungen, ich erkannte ihn ja sofort.«

Seine Stimme brach, er ließ den Kopf schwer auf die Brust sinken.

Settegast legte die Stirn in Falten.

»Sie erkannten Ihren Sohn also auf der Stelle? Erstaunlich. Ich habe zwei erwachsene Söhne, aber das Kunststück brächte ich denn doch nicht fertig.«

Auch mir war dieser Umstand bereits aufgefallen, doch als ein Mann, der selbst keine Kinder hat, konnte ich mir in diesem Punkt kein Urteil erlauben.

Winter warf dem Staatsanwalt einen schmerzlichen Blick zu.

»Mein Ernst hatte einen starken Oberkörper, Herr Staatsanwalt. Nichts als Muskeln und Sehnen. Habe mich doch vor Kurzem noch davon überzeugen können, als er uns am Wochenende besucht hat. Er war ein kräftiger Junge, gut gebaut. Ja … gut gebaut.«

Der Stolz des Bauhandwerkers über die imposante körperliche Erscheinung seines Sohnes war trotz des Entsetzens in seinen Augen und der Trauer in seiner Stimme noch immer spürbar. – Doch dann, mit einem Mal, begann er zu zittern, immer mehr, es schüttelte ihn durch und durch, sein gegerbtes Gesicht wurde leberdunkel und sank auf die Brust, die Tränen brachen aus ihm heraus und wollten nicht mehr enden.

Ich brach die Vernehmung ab.

An diesem Dienstag, den 13. März wurden keine weiteren Leichenteile mehr im Mönchsee gefunden. Trotz stundenlanger Suche der (verfügbaren) Polizei, von Feuerwehr und Freiwilligen, die das seichte Ufer absuchten und mit Booten auf den See hinausfuhren, dessen dünne Eisschicht leicht zu brechen war.

Am folgenden Tag aber, Mittwoch, den 14. März, wurde bereits am frühen Morgen der linke Oberschenkel der Leiche aus dem Wasser gezogen. Er war nackt und unverpackt, und es blieb unklar, ob er erst in der letzten Nacht oder bereits in dem Zeitraum davor in den See geworfen worden und jetzt erst wieder aufgetaucht war.

In der Nacht zum Donnerstag schneite es leicht, und im Morgengrauen des 15. März entdeckte der vierzehnjährige Robert Gerigk neben dem kleinen gusseisernen Tor des evangelischen Friedhofs den rechten Arm auf dem frisch gefallenen Neuschnee, eingewickelt in rosa Packpapier.

Schon einen Erwachsenen packt das Entsetzen, wenn er sich den grausigen Fund nur vorstellt. Um wie viel mehr muss ein Halbwüchsiger davon schockiert sein, der, nichts Böses ahnend, auf dem Weg zur Schule ist!

Der Junge rennt in das nächste Geschäft, die Konditorei Singendock, wo er einen Lehrling kennt, den Robert Nisicky. Nisicky greift sich eine Tasche oder Ähnliches, eilt mit Gerigk zurück zum Fundort und rennt anschließend mit ihm zusammen auf die Polizei. Dort treffen sie unglücklicherweise als Erstes Preuß an, der ihnen den schrecklichen Fund nicht etwa abnimmt, sondern sie auffordert, den Arm so schnell wie möglich zum Krankenhaus zu tragen, damit er dort in Spiritus gelegt werden könne.

Als die Jungen dort ankommen, stellen sie fest, dass sich das Packpapier, in welches der Arm eingewickelt war, nicht mehr in der Tasche befindet. Haben sie es unterwegs verloren, auf der Polizei liegen lassen oder schon vorher, auf dem Friedhof? Sie wissen es nicht mehr, und das Beweisstück, das es möglicherweise hätte sein können, war damit verloren, es fand sich auch später nicht mehr.

Als ich, kurz darauf alarmiert, mit Preuß und Beyer zur Fundstelle eilte, waren im schmutzigen Schnee noch kleine, schmale, offenbar leichte Fußabdrücke zu sehen. Wie von einer Frau oder einem Kind (nicht jedoch von Gerigk, einem kräftigen Knaben in der Pubertät).

Was hatte das zu bedeuten? Eine Frau als Täterin kam selbstverständlich nicht in Betracht. Selbst eine Mittäterin, die den Arm des toten Jungen in der Nacht auf so schamlose Weise auf dem Friedhof abgelegt haben sollte, war für mich außerhalb jeder Vorstellungskraft.

Robert Gerigk befand sich seit diesem Tag in nervenärztlicher Behandlung durch den ortsansässigen Doktor Müller junior, den Sohn des Kreisarztes. Der Junge hatte buchstäblich die Sprache verloren – tagsüber. Des Nachts aber schrie er im Traum, bis seine entsetzt herbeieilenden Eltern ihn wachrüttelten und das schweißnasse Kind zwischen sich betteten.

Nisickys Nerven dagegen waren zum Glück stark genug, mit dem grauenhaften Vorfall selbst fertig zu werden.

Beide Leichenteile, Oberschenkel und Arm, wurden wie die anderen in der Pathologie des Krankenhauses von Doktor Müller senior zunächst dem Augenschein nach begutachtet. Sein Urteil war eindeutig, alle bisher aufgefundenen Leichenteile passten »perfekt« zusammen, und die Extremitäten waren mit großer Sachkenntnis vom Rumpf gelöst worden. Eine detaillierte Obduktion lehnte Müller zu diesem Zeitpunkt jedoch ab, da der Körper noch immer nicht vollständig war.

»Nicht einmal der Kopf ist gefunden. Und ohne ihn sind exakte Erkenntnisse über Todeszeitpunkt und Todesursache ganz unmöglich.«

Mir fehlte die Kraft, mir einen Täter vorzustellen, der die Kaltblütigkeit, ja Monstrosität besaß, sein Opfer zu töten, es zu zerstückeln, um es dann nach und nach in Einzelteilen der Öffentlichkeit zu präsentieren.

Doch genau das geschah buchstäblich vor unseren Augen.

Das Grauen war über Konitz gekommen.

Was würde uns an grässlichen Funden noch bevorstehen? Und welcher Unglücksmensch – im schlimmsten Falle erneut ein Kind – würde sie dann machen müssen?

Immerhin schien die fachgerechte Art und Weise, wie die Leiche zerteilt, wie Rumpf und Becken voneinander getrennt, wie die Extremitäten vom Körper gelöst worden waren, einen entscheidenden Hinweis auf den oder die Täter zu geben. Davon war Settegast ebenso wie ich selbst überzeugt.

So beschloss er, als Erstes die Geschäfts- und Privaträume zweier Schlachter am Ort, des Altlutheraners Gustav Hoffmann und des Juden Adolph Lewy, durchsuchen zu lassen. Beide hatten ihre Läden in der Danziger Straße. Im Schatten der mächtigen die Stadt weit überragenden Katholischen Kirche lebten und arbeiteten sie beinahe Tür an Tür, die Hinterausgänge ihrer Häuser waren nur durch die schmale feuchtdunkle Mauergasse getrennt.

Beide Schlachtereien befanden sich somit in unmittelbarer Nähe des Mönchsees, dessen Ufer nur zwei Steinwürfe entfernt lag. Hoffmann hatte in der Nähe der Spüle einen Schuppen mit verschiedenen Gerätschaften gepachtet, den er auch als Eiskeller benutzte. Lewy hatte über die Mauergasse beinahe direkten Zugang zum Gelände der Judengemeinde, das, wie erwähnt, ebenfalls am Mönchsee gleich neben der Spüle lag. Diese Örtlichkeiten spielten selbstverständlich eine Rolle bei der Überlegung, wo der Täter den Leichnam zerstückelt und anschließend versteckt haben konnte, um die Teile dann ungesehen im See zu versenken.

Es war also durchaus folgerichtig vom Ersten Staatsanwalt, die Häuser der Schlachter Hoffmann und Lewy durchsuchen zu lassen. Ich unterstützte ihn in dieser Entscheidung. Aber offen gestanden, ich konnte mir weder den einen noch den anderen als Mörder vorstellen.

Adolph Lewy, eigentlich mehr Viehhändler als Schlachter, galt allgemein als ein stiller, friedlicher Mensch. Er war ein Mann von mittlerer Größe und gedrungenem Körperbau, der auf mich einen freundlichen, wenn auch stets etwas müden, erschöpften Eindruck gemacht hatte. Lewys Familie lebte in eher bescheidenen Verhältnissen, sein Verkaufsladen in der Danziger Straße und der Viehhandel reichten der Familie zum Auskommen, aber dem materiellen Vergleich mit seinem christlichen Kollegen Hoffmann hielt Lewys kleiner Familienbetrieb nicht stand.

Gustav Hoffmann war ein Fleischer, wie er im Buche steht, groß, kräftig, ohne korpulent zu sein, breites teigiges Gesicht, buschiger Schnauzbart. Hoffmanns Geschäfte gingen glänzend, er hatte Angestellte und Lehrlinge, er war Obermeister der Konitzer Fleischerinnung und sogar Mitglied im Stadtrat. Er galt als strenggläubiger Altlutheraner – eine in unserer Gegend und wohl auch sonst im Reich wenig verbreitete christliche Glaubensrichtung – und als ebenso strenger Hausvater mit zwei hübschen Töchtern, die eine im heiratsfähigen Alter, die andere heranwachsend.

Es war für mich, wie erwähnt, undenkbar, dass diese beiden ehrbaren Männer in irgendeiner Weise in den schrecklichen Mord an Ernst Winter verwickelt sein könnten. Entsprechend bestätigt fühlte ich mich, als sich weder im Hause Hoffmann noch in Adolph Lewys Geschäfts- und Privaträumen irgendein Hinweis auf das Verbrechen fand: kein Kleidungsstück, das Ernst Winter hätte zugeordnet werden können, keiner der übrigen, noch nicht aufgefundenen Körperteile des Ermordeten, schon gar nicht der fehlende Kopf des Jungen oder irgendein anderes Indiz.

Settegast vernahm Hoffmann und Lewy unter Eid. Hoffmann hatte den Sonntag im Kreise seiner Familie verbracht und konnte dafür neben seinen Angehörigen auch noch einen Berufskollegen, den er mit der Familie besucht hatte, als glaubwürdige Zeugen von tadellosem Leumund anführen.

Lewy seinerseits hatte nachweislich mit einem Gutsarbeiter auf dem Weg zum Kirchgang wegen eines Viehkaufs verhandelt und das Kalb am frühen Nachmittag abgeholt, danach Verrichtungen in Haus und Laden getätigt, und am Abend war er noch in Falkenbergs Lokal am Marktplatz gewesen, wo er den anderen (meist jüdischen) Gästen beim Skat zugeschaut hatte.

Alles in allem war damit auch Lewys Alibi, ebenso wie das von Hoffmann, für den gesamten Sonntag lückenlos. Diese Tatsache muss nach meinem Dafürhalten unbedingt im Hinterkopf bleiben, um die nachfolgenden katastrophalen Ereignisse in Konitz und weit darüber hinaus richtig bewerten zu können – wenn dies denn überhaupt möglich ist.

Zur gleichen Zeit filterten die Beamten aus einer Flut von Hinweisen aus der Bevölkerung jene Zeugen heraus, die über den Aufenthalt und die Wege Ernst Winters am Sonntagnachmittag und -abend Auskunft geben konnten. Oder dies wenigstens vorgaben.

Folgendes Bild ergab sich:

Um zwei Uhr am Sonntagnachmittag hatte sich Ernst Winter im Laden des Zigarrenhändlers Fischer in der Danziger Straße nahe dem Wilhelmsplatz Rauchwaren gekauft. Welche genau, daran konnte sich Fischer nicht mehr erinnern, zu viele Schüler frequentierten tagtäglich sein Geschäft, auch an den Sonntagen. Aber dass er Ernst Winter am Sonntag, den 11. März bedient hatte, das wusste er noch genau.

Zwei Stunden später, gegen vier Uhr, sah Auguste Meyer, Inhaberin des Haushaltswarengeschäfts Meyer nur wenige Häuser neben ›Zigarren Fischer‹, vom Fenster im ersten Stock ihres Hauses aus Winters imposante, kräftige Gestalt inmitten flanierender Menschen in Richtung Schlochauer Tor spazieren. Allein, ohne männliche oder weibliche Begleitung, soweit sie das habe beurteilen können.

Um halb oder vielleicht auch kurz vor fünf wurde er folgerichtig von zwei jungen Frauen am Schlochauer Tor gesehen. Klara Spigalski, Tochter eines Böttchermeisters, und Martha Streu, Arbeiterin, einundzwanzig und zwanzig Jahre alt, kamen aus nordwestlicher Richtung vom Stadtwald her, wohin es Ernst Winter offenbar jetzt noch trieb.

Entlang der alten Stadtmauer herrschte noch immer ein Gedränge zahlreicher Spaziergänger, die meisten, da die Sonne schon untergegangen war, auf dem Weg nach Hause, andere zog es in Cafés und Wirtschaften. So auch Martha Streu und Klara Spigalski. Etwa eine Stunde, nachdem sie Ernst Winter auf seinem Weg zur Stadt hinaus begegnet waren, gegen dreiviertel sechs, sahen sie ihn durch das Fenster des Café Sowa nahe dem Schlochauer Tor zurückkommen. Und noch gegen acht an diesem Sonntag beobachtete ein Ehepaar Gehrke, wie Ernst Winter von der Danziger Straße aus in eine Seitenstraße eingebogen und in Richtung Mühlenstraße geschlendert war.

Genau genommen war es vor allem Frau Gehrke, die diese letzte Beobachtung von ihm vor seinem Verschwinden und Tod gemacht hatte. Wie es überhaupt in erster Linie weibliche Personen waren – gleich, ob jung oder nicht mehr jung –, denen der adrette Ernst Winter mit seiner sportlichen Figur und seinem herausfordernden Blick aufgefallen war.

Was trieb der junge Winter während dieser ganzen Zeit am Sonntagnachmittag und danach in der Stadt?

Ich konnte mir von ihm noch immer kein eindeutiges Bild machen. Wer war er? Wirklich der fleißige Schüler, der vorbildliche, schon reif wirkende Heranwachsende mit den vielen sportlichen Interessen? Oder doch mehr ein *früh*reifer junger Mann, der seine stattliche Erscheinung wie ein Geck den ganzen Sonntag über in der Stadt herumführte, um von der Damenwelt bemerkt zu werden?

Bis er dann auf seinen Mörder traf.

Ich bestellte mir Kurt Verspohl, seinen jüngeren Freund aus der Mühlenstraße, ein.

Der Junge versicherte, dass Ernst Winter ihn am Sonntagabend wirklich nicht mehr besucht hätte. Aber noch am Sonnabendvormittag habe sein Freund damit geprahlt, er wolle am Sonntag zu den Mädchen »vögeln gehen«.

»Zu *den* Mädchen, Kurt?«

»Ja, Herr Bürgermeister, zu mehreren! Und das habe ich ihm auch geglaubt. Sogar Mädchen, die ihn noch nicht kannten, ihn bloß mal gesehen hatten, erkundigten sich heimlich bei mir, wer er wäre und wo er wohne und derlei.«

»Zu *welchen* Mädchen wollte Ernst Winter, Kurt?«

Er zuckte mit den Schultern und wurde rot.

»Raus mit der Sprache: Zu welchen Mädchen wollte Ernst gehen?«

»Zu … Meta und Selma. Meta Caspari und Selma Tuchler. Und zu Anna. Anna Hoffmann. Er kannte sie alle drei vom Tanzkursus her.«

Meta Caspari und Selma Tuchler waren die sechzehn- und siebzehnjährigen Töchter zweier jüdischer Kaufleute in Konitz. Anna Hoffmann, ebenfalls sechzehn Jahre alt, war die jüngere Tochter des Fleischermeisters Hoffmann, ihre fünf Jahre ältere Schwester hieß Martha.

Anna, Selma und Meta waren beinahe im gleichen Alter wie Ernst Winter und mussten ihn wenigstens vom Sehen her gekannt haben.

Die Mädchen beteuerten jedoch Aug in Auge mit mir in meiner Amtsstube, mit Winter weder persönlich bekannt gewesen noch ihn am Sonntag gesehen oder gar absichtlich getroffen zu haben.

Selma Tuchler, ein etwas pummeliger Backfisch mit einem auffälligen Grübchen im Kinn, war Ernst Winter zwar durch seine große, breitschultrige Gestalt durchaus aufgefallen.

»Aber das Gesicht, das er immerzu machte …«

Sie schüttelte den Kopf.

»Was war damit, Selma?«

»Eingebildet sah er aus. Der hat auf uns Mädchen bloß runtergesehen.«

»Du meinst, auf euch jüdische Mädchen?«

»Nein, auf alle Mädchen, Herr Bürgermeister.«

Meta Caspari dagegen, ein hübsches, hochgewachsenes Mädchen, schlank wie ein Tanne, hatte für Ernst Winter buchstäblich keinen Blick gehabt. Weder wusste sie ihn äußerlich genauer zu beschreiben noch hatte sie wie ihre Schulkameradin Selma bemerkt, dass er hochmütig auf die Mädchen herabgesehen hätte.

Gustav Hoffmanns jüngere Tochter Anna wirkte älter als sechzehn Jahre, nicht nur wegen ihrer offensichtlichen körperlichen Reife, sondern auch wegen ihrer kerzengeraden Haltung und dem selbstsicheren Blick aus großen hellen Augen.

Auch sie stritt es rundweg ab, Ernst Winter näher gekannt zu haben. Sie wisse praktisch nichts über ihn.

»Nur, dass er … na ja.«

»Nur, dass er was, Anna?«

»Na, zu solchen … Frauenzimmern soll er doch gegangen sein.«

»Woher weißt du das, wenn du ihn nicht gekannt hast?«

Sie winkte rasch ab.

»Ach, was eben so erzählt wird, im Tanzkurs, in der Schule. Ich weiß es gar nicht selbst.«

In diesem Punkt aber wurde sie nachträglich, auf mein neuerliches Befragen hin, von Kurt Verspohl bestätigt.

»Wenn Ernst gerade keine … also kein Mädchen hätte, dann würde er eben zu einer gehen, die dafür … also *dafür,* ja … Geld nimmt. Hat er ganz offen gesagt, aufm Schulhof sogar. Die Weiber sau… saugen ihn noch ganz aus. Hat er auch mal gesagt.«

Man kann sich keinen rotköpfigeren Schuljungen vorstellen als Kurt Verspohl bei dieser Aussage.

Nach der ergebnislosen Durchsuchung der Fleischerei Hoffmann wie auch der von Adolph Lewy kam ich mit Settegast nun zu dem Schluss, dass abgesehen von einem Ortsfremden nur eine bekanntermaßen niederträchtige Person für den Mord an Ernst Winter in Betracht käme. Und angesichts der Anzeichen für die offensichtlich starken geschlechtlichen Neigungen

Ernst Winters wurden denn in den nächsten Tagen und Wochen alle bekannten Konitzer Prostituierten und ihre Zuhälter in ihren Behausungen und Wohnungen aufgesucht und eingehend befragt.

Leider ohne verwertbare Ergebnisse. Keine Beweise, nicht mal Indizien für eine Mordtat in diesem zwielichtigen Milieu wurden gefunden.

In gleicher Weise verlief die systematische Kontrolle der Fremdenbücher von Hotels und anderen Unterkünften in Konitz. Hier tat sich besonders Preuß hervor, der aufdeckte, dass in vielen Fällen gar keine Gästebücher geführt wurden.

Wir mussten demnach einsehen, dass eine Verfolgung und Befragung der am 11. März und in der Zeit danach registrierten Gäste schlicht zufällig und wegen des personellen Aufwands auch praktisch undurchführbar gewesen wäre.

Die Feuerwehr bot daraufhin an, sämtliche vierhundert Häuser der Innenstadt systematisch durchzukämmen. Settegast schien nicht abgeneigt. Doch als Liberaler und als Bürgermeister von Konitz lehnte ich jede Art von Generalverdacht gegen die Bürger unserer Stadt kategorisch ab. Ich würde es immer wieder tun.

In der Zwischenzeit hatte selbstverständlich das Konitzer Tageblatt täglich über jede Einzelheit des Mordes an Ernst Winter berichtet.

Dass die Ermittlungen nicht vom Fleck kamen, war der Bevölkerung freilich auch ohne Berichterstattung der lokalen Journaille nicht verborgen geblieben und sorgte spürbar für zunehmende Missstimmung in der Stadt. Settegast wurde ebenso wie ich bereits mit scheelen Blicken und Kopfschütteln bedacht, es gab Bürger, die sogar demonstrativ die Straßenseite wechselten, wenn sie ihn oder mich von Ferne erblickten.

Ich gestehe, dass ein derartig respektloses Verhalten selbst für mich als Bürgermeister, der stets auch unpopuläre Entscheidungen treffen muss, neu und ungewohnt war. Den Staatsanwalt aber verdross es derart, dass er sich, entgegen meiner Warnung, dazu entschloss, den Spieß herumzudrehen. Mithilfe des Tageblatts suchte er die Kritik an der Ermittlungsarbeit der Behörden in einen Aufruf zur tätigen Mithilfe umzumünzen. Sachdienliche Informationen, ließ er das Blatt verkünden, seien jederzeit willkommen.

Jetzt schlug auch die Stunde von Landrat Baron von Zedlitz. Er hatte sich bis dahin mit öffentlichen Stellungnahmen auffällig zurückgehalten, ja in der ganzen Zeit war er in seinem Amtssitz kaum einmal anzutreffen gewesen. Mit einem Mal nun verkündete er, dass Hinweise, die zur Ergreifung der Täter führten, mit 1700 Reichsmark belohnt würden. Eine ungeheure Summe, wenn man bedenkt, dass die meisten Konitzer im Jahr kaum die Hälfte davon verdienten. Die Folgen dieser unglücklichen Entscheidung ließen nicht lange auf sich warten.

Ein wahrer Sturm an Mitteilungen, Beobachtungen und Hinweisen brach über meine Behörde herein, ein

Dickicht aus Gerüchten, Beschuldigungen, Halbwahrheiten – vielleicht aber auch Wahrheiten? Wer wusste das schon. Und wie sollte mein schmaler Stab aus Verwaltungsbeamten und Polizisten, die zudem für eine kriminalistische Arbeit dieser Kategorie keineswegs geschult waren, eine solche Herkulesaufgabe bewältigen? Das aber führte binnen Kurzem zu einer enormen Überlastung der mit dem Fall befassten Beamten.

Durch diese Umstände begünstigt, erkannte nun auch die überregionale Presse den Mordfall, die ›Konitzer Mordaffäre‹, als ein gefundenes Fressen für sich. Kein noch so bizarrer Verdacht gegen irgendeine bekannte oder unbekannte Person in und um Konitz blieb mehr unbeachtet. Alles wurde begierig von den Korrespondenten, die von der Westpreußischen, der Danziger, dem Pilger, dem Geselligen oder anderen Zeitungen nach Konitz geschickt wurden, aufgesogen und veröffentlicht, noch bevor ein Beamter sich um den Wahrheitsgehalt dieser Aussagen hätte kümmern können. In vielen Fällen waren sie natürlich ganz offensichtlich erfunden worden, um die Belohnung einzustreichen.

Settegast aber ging jedem einzelnen Hinweis nach, »um sich zu informieren«, wie er behauptete. – In Wahrheit aber, um sich nicht dem öffentlichen Vorwurf ausgesetzt zu sehen, er sei untätig oder in irgendeiner Weise voreingenommen.

Er schenkte noch den bizarrsten Zeugen Gehör, selbst den Fantasien eines vierjährigen Mädchens, das »den Ernst am Wasser mit einem Onkel« gesehen haben wollte, widmete er sich persönlich.

»Ernst *Winters* Onkel hast du gesehen? Oder *irgendeinen* Onkel? Was meinst du, Kind?«

Das Kind wusste es selbst nicht, es wusste buchstäblich gar nichts – außer, was seine Eltern ihm eingetrichtert hatten. In deren Augen funkelten sicher schon die Goldtaler der ausgesetzten Belohnung.

Mit Ernst Winters ehemaligem Tanzlehrer, der zugleich einen gewissen Ruf als Geisterbeschwörer genoss, ließ Settegast sich auf eine spiritistische Sitzung ein, um mit dem Geist des Ermordeten in Kontakt zu treten und so den Namen seines Mörders zu erfahren. Als Medium diente die Frau des Tanzlehrers, die ihre Botschaften aus dem Jenseits in Trance mittels ›automatischem Schreiben‹ empfing. Die Kontaktaufnahme in einem durch Vorhänge verdunkelten Kabinett in der Wohnung des Spiritisten misslang trotz guten Glaubens, erfuhr ich auf Umwegen (von Beyer). Alles, was die Dame am Ende zu Papier brachte, war unlesbares Geschreibsel, aus dem nur regelmäßig der Name ›Winter‹ und das Wort ›Jehova‹ hervorstachen.

Settegast ließ sich am Ende das Papier sogar aushändigen, das sagt alles über den Zustand des Ersten Staatsanwalts zum damaligen Zeitpunkt.

Landrat von Zedlitz erhöhte angesichts fehlender Fortschritte die ausgesetzte Belohnung auf die glatte Summe von zweitausend Mark. Das brachte das Gerüchtekarussell weiter in Schwung. Brauchbare

Hinweise auf den oder die Täter kamen nicht dabei heraus. Im Gegenteil, die sprunghaft wachsende Menge an Leuten, die Ernst Winter am 11. März allein oder gleich mit seinem Mörder zusammen gesehen haben wollten, schwoll immer mehr an. Die vermeintlichen Hinweise widersprachen sich nur leider gegenseitig, nichts als Hirngespinste oder plumpe Versuche, die Belohnung einzustreichen, das musste selbst Settegast am Ende einsehen.

So war die Lage, als am 15. April, dem Ostersonntag – inzwischen war bereits ein Monat nach dem Mord vergangen – wiederum zwei Schulkinder Ernst Winters Kopf fanden. Sie hatten im Stadtwald, Richtung Wilhelminenhöhe, hinter dem Gelände des Schützenvereins gespielt.

Und dort lag er, nur halb mit Erde zugedeckt, in einem Graben am Rand eines von Erlen gesäumten Ackers. Das Haar lag wirr, verschmutzt und verkrustet am Schädel an, die Lippen waren zurückgewichen und gaben eher schadhaft aussehende, breite gelbliche Vorderzähne frei. Die Augenlider waren halb geschlossen, die Glaskörper darunter verwest, in den Höhlen krochen Maden.

Im Übrigen aber erschien mir die Kopfhaut erstaunlich gut erhalten, auch wenn Käfer und Insekten an verschiedenen Stellen daran genagt hatten. Dies mochte daran liegen, dass in Konitz noch immer geringe Temperaturen, kaum über dem Gefrierpunkt, herrschten. Oder der moorige Untergrund des Grabens, der bekanntlich die Verwesung hemmt, war dafür verantwortlich.

Der Kopf erschien mir, der glatten Schnittstelle des Rumpfes entsprechend, sauber und offenbar mit einem professionell geführten Messer vom Hals getrennt worden zu sein. Er war offensichtlich für den Transport in Zeitung verpackt gewesen, am Fleisch der Wangenknochen und des Scheitels, wo die Verwesung schon eingesetzt hatte, hafteten noch Reste einer sehr alten Ausgabe der Täglichen Rundschau, eines Berliner Blatts, mit dem Datum vom 29. April 1896.

So sehr ich mich damals an Ort und Stelle, wie auch jetzt, wo ich davon berichte, um eine objektive, die eigenen Gefühle beherrschende, äußerlich ruhige, wenigstens aber gefasste Haltung bemühte, so sehr erschütterte mich der Fund des Kopfes. Einmal wegen seines bloßen Anblicks, der einem das Blut in den Adern gefrieren ließ. Zum andern aber auch wegen der unabweisbaren Tatsache, dass der Täter ihn bewusst an dieser Stelle – vielleicht sogar erst vor wenigen Stunden – an dem idyllischen Platz abgelegt, ja regelrecht platziert hatte, damit er auch gewiss gefunden werde.

Ein weiteres Detail sollte uns später noch große Rätsel aufgeben und zu unerwartet heiklen Verwicklungen führen: In dem Graben befand sich gleich neben dem Kopf ein Taschentuch, genauer ein in vier Teile zerrissenes, sehr beschmutztes ehemals weißes Damentaschentuch, das in der Mitte die Initiale ›A‹ trug.

Wie schon beim Fundort des rechten Arms auf dem evangelischen Friedhof, wo wir weibliche Fußspuren im Neuschnee entdeckt hatten, irritierte auch hier die Tatsache, dass bei der Entsorgung, vielmehr Platzierung der Leichenteile eine Frau im Spiel gewesen sein könnte. Oder sollte uns auch dieses Detail, das auffällige Damentaschentuch mit dem ›A‹, nur bewusst in die Irre führen?

Wie auch immer, ich veranlasste sogleich, eine Suchanzeige bezüglich des Taschentuchs im Konitzer Tageblatt aufzugeben und setzte große Hoffnung darin. Aber, um es vorwegzunehmen, niemand meldete sich darauf. Erst viel später sollte das Taschentuch dann wieder eine Rolle spielen; doch darüber mögen andere Auskunft geben, die darin nicht auf so unerwartete Weise auch persönlich verwickelt waren wie ich selbst.

Unglücklicherweise mussten auch diese beiden Jungen, die den Kopf gefunden hatten, über längere Zeit nervenärztlich behandelt werden. Eine Aufgabe, die wiederum dem jungen Doktor Müller zufiel. Diese Tatsache, das heißt die indirekte Konfrontation des Arztes mit dem Mordopfer, mag dazu beigetragen haben, dass er bei der anschließenden, nun endlich stattfindenden Obduktion, seinem Vater persönlich assistierte.

Die Ärzte, Sohn und Vater Müller, bestätigten aufgrund der Verletzung der Halsschlagader meinen (durchaus laienhaften) Augenschein vom Fundort des Kopfes, dass Ernst Winter durch einen geübten Halsschnitt getötet worden sein musste.

Müller junior wurde deutlicher:

»Dieser Schnitt ist dem jüdischen Schächten nicht unähnlich.«

Der junge Arzt (sein Vater litt damals offenbar mehr unter einer Augenkrankheit, als er dies zugeben mochte) fand außerdem Partikel von Ziegelstein an verschiedenen Leichenteilen.

»Auch die Schächtstätte der Konitzer Synagoge ist mit Ziegeln gepflastert worden.«

Diesen Hinweis habe er von einem Patienten aus dem Maurergewerbe erhalten.

Settegast nahm die Behauptung des jungen Arztes mit großem Interesse auf und fand sie bei einer gleich darauf verfügten Untersuchung der Synagoge, die er zuvor noch niemals betreten hatte, bestätigt.

Am Morgen des Ostermontags schickte mir der Erste Staatsanwalt zu meiner allergrößten Überraschung einen Polizeibeamten ins Haus mit einer dringlichen Meldung.

»Es hat eine Verhaftung gegeben, Herr Doktor.«

»Was denn, im Fall Winter?«

»Jawohl, Herr Doktor. Der Israelski.«

»Kenne ich nicht.«

Offenbar ein Jude, das verriet sein Name.

Das Unheil ahnend, das mit dieser Verhaftung verbunden sein könnte, eilte ich ins Rathaus, wo mich Settegast ungeduldig erwartete.

»Sie haben einen Verdächtigen verhaftet, Herr Staatsanwalt?«

»Einen gewissen Israelski, Wolf.«

»Ein Jude?«

»Jude, richtig. Ziemlich verlotterte Kreatur, wie's scheint, Lumpenhändler, Abdecker, was weiß ich.«

»Wie kommen Sie auf ihn?«

»Nun, es gibt einen Gerichtsboten, Fiedler, Friedrich Fiedler. Er ist heute früh bei mir aufgetaucht, privat gewissermaßen, um eine dringende Aussage zu Protokoll zu geben.«

»Nun sagen Sie schon.«

»Fiedler stand am Freitagmorgen, nota bene am *Karfreitag*, um zehn Uhr vor dem Gebäude des Landgerichts, als der Abdecker Israelski auf ihn zu kommt. Er humpelt an Fiedler vorbei die Schützenstraße entlang in Richtung Nordwesten, Richtung Hof Dunkershagen.«

»Was ist daran verdächtig, Herr Staatsanwalt?«

»Zunächst einmal das Ziel natürlich. Hof Dunkershagen grenzt an das Schützengelände, wie Sie wohl wissen, wo Ernst Winters Kopf gefunden wurde.«

»Herrgott, Settegast, wollen Sie ernsthaft jeden verdächtigen, der von Konitz Richtung Dunkershagen spaziert?«

»Ich bin noch nicht zu Ende, Herr Bürgermeister. Israelski trug laut Fiedler saubere Stiefel und einen Sack auf dem Rücken.«

»Einen Sack.«

»Ja. In dem Sack zeichnete sich ein runder Gegenstand ab.«

»Rund.«

»Richtig. Rund wie ein Kopf, sagt Fiedler. Und eine Stunde später wäre der Abdecker zurückgekommen. Mit schmutzigen Stiefeln und leerem Sack über dem Arm.«

»Das ist *alles*?«

»Keineswegs. Ich ließ den Mann herbringen und verhörte ihn. Er behauptete, am Karfreitag das Haus gar nicht verlassen zu haben.«

»Na bitte. Hat sich Ihr Fiedler also getäuscht.«

»Moment! Ich ließ Beyer zeitgleich Israelskis Frau befragen. Erstaunlich nebenbei, dass eine derartige Kreatur überhaupt jemanden zum Heiraten gefunden hat. Nun gut. Jedenfalls seine Frau sagt, er *habe* am Freitag das Haus verlassen, und zwar, um sich wie üblich zu besaufen. Als er später von der Kneipe zurückgekehrt sei, wäre er sturzbetrunken gewesen und hätte allerlei wirres Zeug gesprochen.«

»Aber das sind doch keine *Beweise*, Settegast.«

»Nein. Aber Indizien.«

Ich bezweifelte auch das.

Wir gingen hinüber ins angrenzende Polizeipräsidium und besuchten den Verdächtigen in seiner Arrestzelle. Ein kleiner Mann in seinen Vierzigern, mit runzligem, vom Branntwein gezeichnetem Gesicht und Stoppelbart. Sein grobes Leinenhemd sah verdreckt aus, ebenso seine blaue Drillichhose. Ein strenger Geruch ging von ihm aus. Wolf Israelski, der Lumpenhändler, war sicher schon lange nur noch das Wrack eines Menschen. Er schwieg auf alle meine Fragen, zitterte nur am dürren Leib. Offensichtlich vor Angst.

Dieser Mann verdiente eher unser Mitleid als unseren Zorn. Unvorstellbar, dass das dürre Menschlein den kräftigen jungen Ernst Winter ermordet haben sollte.

»Nein, umgebracht hat er ihn nicht, Herr Bürgermeister. Jedenfalls nicht allein. Aber die Leichenteile hat er entsorgt. Zumindest den Kopf.«

»Für wen und warum sollte der Mann diesen Dienst denn geleistet haben, Herr Staatsanwalt?«

Settegast antwortete nicht darauf, ließ den Mann aber in der Arrestzelle und tags darauf ins städtische Untersuchungsgefängnis überstellen. Wegen des Verdachts auf Beihilfe zum Mord.

Der Erste, der dem Gerücht Nahrung gegeben hatte, die Juden hätten Ernst Winter ermordet, ist vermutlich Preuß gewesen. Noch am Ort des ersten Leichenfundes, am Mönchsee, wo ich ihn zum Hilfspolizisten ernannt hatte, hatte er etwas Derartiges geraunt.

»Geschächtet und geteilt. Das haben die Juden getan.«

»Was um Himmels willen schwatzen Sie da, Preuß!«

»Um Vergebung, Herr Doktor, aber in Skurz war es genauso. Unsereins ist zwar ungebildet. Aber doch alt genug, um davon noch zu wissen. Damals waren es *auch* die Juden.«

»Unsinn, Preuß. Denken Sie nur an Berent! Daran müssten Sie sich doch erst recht erinnern.«

In Skurz, muss man dazu erklären, einem Dorf, etwa achtzig Kilometer östlich von unserem Konitz gelegen, war gut anderthalb Jahrzehnte zuvor ein neunjähriger Junge ermordet worden. Man fand ihn unbekleidet, mit durchgeschnittener Kehle, die Gliedmaßen abgetrennt, die Eingeweide herausgerissen, alle Körperteile blutleer. Insofern war die Parallele, die Preuß gezogen hatte, durchaus nachvollziehbar.

Der Mord in Skurz fand im Januar des Jahres statt, und es hieß schon damals, die Skurzer Juden hätten den Jungen geschächtet, um später Christenblut für ihr Pessachfest zu haben.

Die Polizei verhaftete den jüdischen Schlachter des Orts. Ein Skurzer wollte ihn mit einem Sack über den Schultern auf dem Weg zum späteren Leichenfundort gesehen haben. Darin sollte sich ein rundlicher Gegenstand (!) von der Form eines Kopfes (!) befunden haben.

Verschiedene Zeugen, vornehmlich aber Zeug*innen*, Dienstmädchen, Nachbarinnen, ich erinnere mich nicht mehr genau, wollten außerdem zur errechneten Tatzeit verdächtige Geräusche in Haus und Hof eines jüdischen Kaufmanns gehört haben. Ihrer Meinung nach ließ dies auf eine Zusammenkunft vieler Personen, sprich *aller* Juden am Ort, schließen. Eine Orgie mit dem neunjährigen Jungen als Blutopfer sei dort abgehalten worden.

Der beschuldigte Kaufmann und sein Sohn wurden verhaftet, mussten aber ebenso wie der Skurzer Schlachter wegen Mangels an Beweisen wieder freigelassen werden.

Nach Skurz konnte dennoch keiner von ihnen zurückkehren, die Dörfler hätten ihnen die Köpfe eingeschlagen; die Fenster und Türen ihres Geschäfts waren es bereits.

Der wahre Mörder von Skurz wurde nie gefasst.

Es war einfach lächerlich. Die angeblich brandneue Beobachtung eines vermeintlich tatverdächtigen Juden, der nun auch in Konitz einen runden kopfähnlichen Gegenstand im Sack getragen haben sollte, war in genau gleicher Weise schon vor anderthalb Jahrzehnten im Nachbarort gemacht worden!

In Berent wiederum, einer kleinen Stadt auf halber Strecke zwischen Konitz und Danzig, hatte sich erst vor ein paar Jahren jener Zwischenfall ereignet, den ich Preuß noch am Mönchsee ins Gedächtnis gerufen hatte. Eine katholische Witwe hatte ihren Sohn mit einer Ziege zum jüdischen Schlachter geschickt, um sie zum Verkauf anzubieten. Als der Junge nach längerer Zeit nicht zurückkehrte, lief sie selbst hin, betrat den Laden, schüttelte vor Wut die Schlachtersfrau am Kragen und verlangte ihren Sohn. Die jüdische Schlachtersfrau und ihr Mann versicherten, der Junge sei nie in ihrem Haus oder Hof gewesen, und so lief die Mutter schreiend auf den Marktplatz, wo sich in Windeseile eine aufgebrachte Menschenmenge um sie versammelte.

Die Witwe verlangte, lautstark unterstützt vom empörten Mob, nach Bürgermeister und Polizei, damit sie ihren Jungen aus den Händen der Juden befreiten, die ihn zum Pessach schlachten wollten, um an sein Blut für ihre Matzen zu kommen.

Es stellte sich jedoch bald heraus, dass der Junge die Ziege nicht dem Juden, sondern einem anderen Schlachter verkauft hatte und in der Zwischenzeit längst wieder nach Hause zurückgekehrt war.

Wie man es auch ansah, in meinen Ohren klang die Aussage des Gerichtsboten Fiedler gegen den jüdischen Abdecker Israelski wie eine abgeschmackte Wiederholung eines alten bösen Märchens: des Märchens vom Christen schächtenden Juden.

Nicht so für Settegast.

Im Mordfall Winter stünden die Dinge ganz anders, befand er. Er verwies auf das forensische Gutachten der Doktoren Müller. Es gebe nun einmal schwerwiegende wissenschaftlich-medizinisch geprüfte Indizien dafür, dass wirklich die Juden als Mörder von Ernst Winter dringlich infrage kämen.

So wie der Staatsanwalt sah es bereits die große Mehrheit der Konitzer Bevölkerung, und die Mordbeschuldigungen gegen die Juden blieben längst nicht mehr auf die Stadt Konitz beschränkt. Sie erfassten inzwischen den gesamten Landkreis und konnten buchstäblich von dem nichtigsten Anlass ausgelöst werden.

So im Fall der Magd Hulda Marx, die ihre Herrschaft – ebenfalls eine Familie mit Namen Lewy in dem Städtchen Polzin nahe Konitz – anzeigte, weil sie sich über den Mord an Winter unterhalten hatte. *Unterhalten*, mehr nicht.

Margarete Radtke, gleichfalls Dienstmagd, war tätig bei dem jüdischen Kaufmann Rosenthal im Dorf Kamin. Sie beschuldigte ihren Dienstherrn, am Mord gegen Ernst Winter persönlich beteiligt gewesen zu sein. Ihre Aussage zeigte rasche Wirkung, es gab Beschimpfungen gegen Rosenthal und Steinwürfe gegen sein Haus, tagsüber wurde er auf der Dorfstraße bereits körperlich attackiert. Doch Josef Rosenthal wehrte sich gegen die Angriffe, begriff, dass es ums Ganze, um seine Existenz in Kamin ging, und zeigte schließlich sein ehemaliges Dienstmädchen, die Radtke, wegen Verleumdung an.

Damit aber zog Rosenthal erst recht die wütenden Proteste der Dörfler auf sich, und Margarete Radtke, dadurch beflügelt, zeigte nun ihrerseits Rosenthals an: die gesamte Familie. Sie hätten allesamt versucht, sie zu einem Meineid zu zwingen, behauptete sie nun.

Der Kaminer Bürgermeister ließ darauf umgehend alle strafmündigen Mitglieder der Familie verhaften, auch zwei heranwachsende Töchter.

Eine von ihnen, Helene Rosenthal, sechzehn Jahre alt, erkrankte in der Untersuchungshaft. Kurze Zeit später starb das Mädchen.

Auftritte von Dienstmägden, die in jüdischen Familien arbeiteten oder gearbeitet hatten, kamen daraufhin regelrecht in Mode. Manchmal taten sie sich mit weiteren Personen zusammen, um ihre »Blutbeschuldigung« vorzubringen.

Eine Martha Schmidt schickte ihren Verlobten, den Installateur Johannes Brix, vor, um anzuzeigen, dass die Dienstmagd Schmidt aus Powalken eine verdächtige jüdische Herrschaft habe. Ihr Dienstherr, der Jude Altenberg, sei am 11. März nach Konitz gefahren, erinnere sie sich, und später (Zeitpunkt ungenau) mit blutbefleckten Kleidern zurückgekehrt. – »Und dazu mit einem Fläschchen Blut.«

Im Verhör durch die Polizei in Powalken bekam sie aber kalte Füße. Ihr Verlobter, der Brix, hätte sich die Geschichte nur ausgedacht, um einen Scherz zu machen. Sie habe lediglich erwähnt, dass sie einen »blutroten Fleck« von der Hose ihres Dienstherrn Altenberg entfernt habe. »Mit der Bürste.«

Derartige Beschuldigungen kennzeichneten die allgemeine Stimmung im Volk in und um Konitz spätestens seit Ostern: Der sauber an den Schultern abgeschnittene Kopf von Ernst Winter, so die immer mehr um sich greifende Überzeugung, sei von den Juden bewusst am heiligen Ostersonntag im Abortgraben hinter dem Schützenhaus platziert worden, um die Christengemeinde zu demütigen. Um ihr zu demonstrieren, was den Juden das Leben eines Christenmenschen wert sei und dass ihnen das Blut des Opfers allein zur Feier des jüdischen Pessachfestes getaugt hätte.

Unterstützt und geradezu befeuert wurde diese nun

bereits wütend grollende »Stimme des Volkes« von dem größeren Teil der Presse.

In der Staatsbürger-Zeitung, die ausgerechnet in jenem Monat in Freiexemplaren massenhaft zu haben war (das übliche Vorgehen der Zeitungen zur Akquise neuer Leser in der Provinz) stand zu lesen: ›Die Behörden, zeigt sich jetzt, sind bislang allzu lasch gegen die Juden vorgegangen. Das belegt allein schon die unbegreiflich späte und hernach allzu oberflächliche Durchsuchung des Judentempels mit nicht mal einer Handvoll Polizisten, obwohl er doch direkt am Mönchsee gelegen ist – dem Fundort der ersten Leichenstücke! Die Verhaftung Israelskis kann nur der Anfang sein: Alle Juden in und um Konitz sind verantwortlich für den Mord an Ernst Winter!‹

So ließ Settegast die Synagoge denn zum zweiten Mal durchsuchen.

»Justitia verlangt es.«

Das war absurd.

Ich protestierte.

»Es ist die Staatsbürgerzeitung, die das verlangt. Das wissen Sie, Settegast.«

»Ich wundere mich, dass Sie die öffentliche Meinung so geringschätzen, Herr Bürgermeister.«

»Die Staatsbürger-Zeitung ist *nicht* die öffentliche Meinung, Herr Erster Staatsanwalt. Sie ist eine, die öffentlich Meinung macht. Das ist ein Unterschied.«

Aber es war zwecklos.

Trotz der Vielzahl an Polizisten, die diesmal bei

der Durchsuchung der Synagoge zum Einsatz kamen, blieb sie ohne jedes brauchbare Ergebnis.

In der Stadt aber verfestigte die kopflose Aktion die Annahme, dass endlich auch die Strafverfolgungsbehörden davon überzeugt seien, die Juden hätten Ernst Winter ermordet.

Und Settegast schien in der Tat mittlerweile unumstößlich dieser Ansicht zu sein.

»Nur beweisen kann man es noch nicht.«

Zu diesem Zweck widmete er sich erneut, und diesmal geradezu mit Hingabe, den absurdesten Hinweisen.

Etwa dem einer gewissen Auguste Schiller, einer stark hinkenden Witwe mit schwindsüchtigem Gesicht. Bei ihren täglichen Verrichtungen half ihr regelmäßig ein junger Mann, der in der Nachbarschaft als ›der dumme Alex‹ bekannt war.

Besagte Witwe Schiller behauptete nun, Alexander Prinz habe am Morgen des 13. März, also bereits Stunden *vor* dem ersten Leichenfund, die Juden aus Konitz und Umgebung des Mordes beschuldigt. Der Konitzer Kantor Elbinger und seine Kollegen Hamburger und Haller, die jüdischen Kantoren aus Schlochau und Tuchel, hätten Ernst Winter »die Gurgel abgeschnitten«. Sie hätten es »wegen Blut« getan. Blut sei teuer, habe der Alex gesagt.

Die Schiller war nicht auf den Kopf gefallen und zog ihr Ass aus dem Ärmel: Alex Prinz sei selber Jude. Welchen Grund solle ein Jude haben, seine eigenen

Leute anzuzeigen, wenn seine Beschuldigungen nicht stimmten?

Settegast ließ sich davon blenden und verhörte eilfertig den jungen Prinz.

Der ›dumme Alex‹ war ein gedrungener kleiner Bursche, sieben Jahre lang war er brav in die Konitzer Schule getrottet, hatte es aber nur bis zur vierten Klasse geschafft. Seinen Lebensunterhalt für sich und seine Mutter verdiente er heute (ähnlich wie Israelski), indem er mit Lumpen und Knochen handelte und den Leuten kleine Gefälligkeiten erwies – zum Beispiel Wasser holen für die Schillersche.

»Holen ist nicht gestohlen.« (Prinz laut Protokoll).

Erst Mutter Prinz schaffte Klarheit. Ihrer Aussage zufolge war Alex an dem Tag, als Ernst Winter tot im Mönchsee gefunden wurde, gar nicht bei der Witwe Schiller im Dienst, sondern krank und bettlägerig gewesen. Erst kürzlich sei die Schillersche höchstpersönlich vorbeigekommen.

»Auf dem Rathaus sollte er sagen, was er hat gesehen, hat die Schillersche gemeint. Na, ich sage, mein dummer Alex, was soll er gesehen haben, nix hat er gesehen. Die Schillersche, se hat gegrinst. Und gemeint, er soll sagen, dass es gewesen wärn die Kantoren und der Schlachter Lewy, die dem Winter hätten die Gurgel abgeschnitten. Dann bekäme er ein paar Hundert Mark Belohnung von ihr ab, mein Alex, sie tät's versprechen.«

Alex Prinz hatte außerdem ein eigenes Motiv, die

Judengemeinde zu belasten, wusste seine Mutter. Früher hatte er in der Synagoge verschiedene Dienste verrichten dürfen, inzwischen aber nicht mehr. Das habe ihn tief gekränkt, und seitdem sei er voller Hass auf Kantor Elbinger – auf alle Kantoren!

»Die Schillersche hat natürlich Wind bekommen davon. Wo mein Alex doch sein Plappermaul nich' halten kann.«

Witwe Schiller, konfrontiert mit dieser Aussage: »Das Judenweib lügt doch wie gedruckt! Kein Wunder, die stecken alle unter einer Decke.«

Mit dieser Meinung über die Juden stand sie keineswegs allein in Konitz, im Gegenteil. Bereits in der Nacht nach Israelskis Überstellung ins Untersuchungsgefängnis waren Jugendliche, offenbar vorwiegend Berufsschüler aus Konitz und Umgebung, durch die Straßen gezogen, hatten an den Türen der jüdischen Häuser gerüttelt und »Hep-Hep« gerufen, den bekannten Hetzruf gegen die Juden.

Nach der fatalen zweiten Durchsuchung der Synagoge hallten erneut »Mörder«-Rufe durch die dunklen Gassen der Stadt, Steine flogen gegen Türen und Fensterläden, und am Tag darauf trauten sich die Juden der Stadt kaum noch aus den Häusern. Wer es doch tat, wurde beschimpft, mitunter sogar geschlagen und auf offener Straße misshandelt.

So wie Rosa und Franziska Meyer, zwei Töchter des Geschäftsmanns Matthäus Meyer, die auf dem Weg zum Bahnhof von einem jugendlichen Pöbel durch die

Gassen gehetzt, schließlich eingefangen, als »Judenhuren« beschimpft, ins Gesicht gespien und an den Haaren gezerrt wurden.

Oder wie der siebzigjährige Vater des Kantors Elbinger, der mit seinem Sohn in der Stadt unterwegs war, um in einer Familie an einer Beschneidung teilzunehmen. In der Bismarckstraße fielen unbekannte Schläger mit den bloßen Fäusten über sie her, der alte Mann musste mit schweren Kopfverletzungen im Krankenhaus behandelt werden.

Die Lage hatte sich also dramatisch zugespitzt, und ich sah Settegast inzwischen heillos überfordert mit seiner Aufgabe. Mehr noch, durch seine voreingenommene, opportunistische Untersuchungsrichtung gegen die Konitzer Judenschaft *schlechthin* schien er das Unheil unweigerlich heraufzubeschwören, statt es zu verhindern.

In meiner doppelten Verantwortung als Bürgermeister und als Polizeidirektor der Stadt richtete ich daher einen dringenden Hilferuf an die oberen Rechtsbehörden in Marienwerder, Danzig und Berlin. Ich bat um zusätzliche materielle und fachliche Unterstützung, um die Entsendung von in solchen Fällen erfahrenen Kriminalisten. Wenn der Mordfall schnell aufgeklärt würde, so meine Überlegung, wären auch die absurden Beschuldigungen gegen die Juden in Konitz mit einem Schlag erledigt und die Unruhen beendet.

Angesichts der gewalttätigen Ausschreitungen in der Stadt teilte man grundsätzlich meine Auffassungen sowie meine Besorgnis und antwortete mit der Aufstockung der Belohnung auf die ungeheure Summe von nicht weniger als sechstausend Reichsmark (weit mehr, als je ein Bürgermeister in Westpreußen im Jahr verdient hatte).

Zudem schickte man den Kriminalkommissar Wehn aus Berlin zu uns nach Konitz.

Eine in meinen Augen erstaunliche Entscheidung angesichts seines noch jungen Alters, wenn die Bemerkung abschließend erlaubt ist.

DIE LEINWAND NUMMER 4529/37 6565

Mein Name ist Wehn, Arthur. Kriminalkommissar. Geboren in Schlesien, zum Zeitpunkt, da meine Vorgesetzten in Berlin mich nach Konitz schickten, zweiunddreißig Jahre alt. Katholisch. Verheiratet, drei Kinder, damals acht, sechs und drei Jahre alt.

Ich stelle das voran, damit sich jedermann ein korrektes Bild von mir machen kann. Anders als Bürgermeister Deditius, der mich von Anfang fühlen ließ, dass er mich für zu jung hielt, um das Rätsel der Ermordung Ernst Winters zu lösen. Dabei war der Landrat in Konitz, Baron von Zedlitz, 67er Jahrgang und damit kaum ein Jahr älter als ich. Und es wäre die Aufgabe von Bürgermeister und Landrat gewesen, wieder für Ruhe und Ordnung in Stadt und Landkreis zu sorgen. *Mein* Auftrag bezog sich allein auf die Lösung des Kriminalfalls.

Gleich nach meiner Ankunft in Konitz und der provisorischen Einquartierung in Kühns Hotel am Marktplatz ging ich an meine Aufgabe. Einige Tage zuvor, am Ostersonntag, war der Kopf des getöteten Jungen gefunden worden. Zwei hiesige Ärzte hatten die aufgefundenen Körperteile untersucht und fachmännisches Zerteilen selbst von Sehnen und Muskelgruppen, vor allem aber die völlige Blutleere des Körpers festgestellt. Ein jüdischer Schächtschnitt war von einem der Ärzte als Ursache dafür ins Spiel gebracht worden.

Bürgermeister Deditius, ein Mann mit markanter Stirnfalte und skeptischem Blick, hielt jeden Verdacht gegen die Konitzer Judenschaft für abwegig und lehnte es überhaupt ab, darüber zu reden.

Auch mir erschien es von Anfang an zweifelhaft, dass ein Humanmediziner wie Dr. Müller junior zugleich die Fachkenntnis besitzen sollte, eine spezifisch jüdische Schächtung zu erkennen.

Staatsanwalt Settegast jedoch, ein nervöser, sprunghafter Charakter, der seine Zigarren mehr saugte als rauchte, hatte einen Juden namens Israelski verhört und ihn in Untersuchungshaft nehmen lassen, da sich Widersprüche in seiner Aussage zu der parallel vernommenen Ehefrau Israelskis ergeben hätten.

Israelski war dabei beobachtet worden, wie er einen Sack mit einem runden Gegenstand darin weggeschafft hatte. Der Staatsanwalt begründete damit seinen Verdacht.

»Nicht auszuschließen, dass es der Kopf des Opfers war.«

Möglich, aber ein zweifelsfreier Beweis war das nicht. Zudem war Israelski ein ziemlich schwächlicher, ja kränklicher Mann.

Doch das focht Settegast nicht an.

»Selbstverständlich kann Israelski den Winter nicht durch eigene Hand getötet haben! Und schon gar nicht kann er die Leiche fachmännisch geschächtet, zerlegt und ausgeweidet haben.«

Der Mordverdacht des Staatsanwalts richtete sich daher immer stärker gegen den ortsansässigen jüdischen Schlachter Lewy.

Doch hatte weder die erste, schon vor Wochen angeordnete Haus- und Ladendurchsuchung bei Lewy noch die nach dem Fund des Kopfes durchgeführte zweite Durchsuchung verdächtiges Material zutage gefördert.

Settegast, der weder bei der Untersuchung im Hause Lewy noch beim Schlachter Hoffmann persönlich anwesend war, ein schwerwiegender Fehler, wie wir heute wissen, schäumte vor Wut.

»So fehlen uns noch immer die Beweise gegen Lewy, wenn sie nicht sogar längst beiseite geräumt worden sind.«

Den Vormittag des 11. März, Tag der Ermordung Ernst Winters, wollte Schlachter Lewy mit Handel, den Nachmittag im Kreis seiner Familie und den Abend in einem fast ausschließlich von Juden frequentierten Lokal verbracht haben. Mehr als ein Dutzend Zeugen bestätigte das.

Doch die Aussagen der Angehörigen und anderer Juden wurden von Settegast nun *insgesamt* in Zweifel gezogen, sie standen unter Generalverdacht. Der Erste Staatsanwalt wie anscheinend der überwiegende

Teil der Bevölkerung von Konitz war inzwischen von einem Ritualmord an Ernst Winter im Dienste des jüdischen Pessachfestes überzeugt.

Täglich trafen neue Anzeigen ein: aus Stadt und Umland, von Zeugen, die Vorgänge beobachtet haben wollten, welche ›Israelskis Helfershelfer, die Juden in und um Konitz‹ (so die bekannte Staatsbürger-Zeitung), schwer belasten sollten. Nicht mehr nur Dienstmägde meldeten sich, auch Handwerksmeister, Kaufleute, Hausfrauen, Anwälte, Lehrer – kein Stand, der mit seinen »Blutbeschuldigungen« zurückstehen wollte.

Bis auf eine Ausnahme.

Deditius, der Bürgermeister, wies den Staatsanwalt darauf hin.

»Fällt Ihnen denn nicht auf, Settegast, dass diejenigen, die am meisten mit unseren Juden zu tun haben: die Bauern, die ihnen ihr Vieh verkaufen, sie eben nicht beschuldigen? Keine einzige Anzeige von ihrer Seite. Alle anderen aber sind nichts als Denunzianten und am Ende nur auf die ausgesetzte Belohnung aus! Wie können Sie sich damit ernsthaft abgeben?«

»Als Staatsanwalt ist es meine *Pflicht*, Herr Bürgermeister, Hinweisen aus dem Volke nachzugehen.«

»Ihre Pflicht wäre es, diesen Unsinn zu ignorieren, ja zu bestrafen! Er kann uns noch gefährlich werden.«

Der Staatsanwalt maß den Bürgermeister mit einem abschätzigen Blick.

»Sind Sie auch selbst dieser Ansicht, Deditius, oder nur Ihre jüdische Frau?«

Der Bürgermeister wurde totenbleich.

»Meine Frau? Was hat … Mit Verlaub, meine Frau ist evangelisch.«

»Aber doch konvertiert, nein?«

»Ich verbitte mir derart persönliche Anspielungen, Herr Staatsanwalt!«

Sie standen sich im Amtszimmer des Bürgermeisters wie Kampfhähne gegenüber und brüllten sich wahrhaftig an.

Es war für mich offenkundig, dass es *beiden* Hauptverantwortlichen im Fall Winter, Deditius *und* Settegast, an Objektivität und professioneller Auffassungsgabe mangelte. Und das betraf nicht zuletzt auch die bisherigen Ermittlungsmethoden.

Nach dem gründlichen Studium der Akten war ich zu dem Schluss gekommen, dass bereits allzu viel Zeit mit ziellosen Befragungen unter der Bevölkerung, ergebnislosen Hausdurchsuchungen und abwegigen (teilweise okkulten!) Ermittlungspraktiken vertan worden war. Die vorhandenen Indizien aber, wie insbesondere das Material zur Verpackung der Leichenteile, schienen mir aus kriminalistischer Sicht vollkommen vernachlässigt worden zu sein.

Ich sah mich also genötigt, die streitenden Herren auf die Sache selbst und auf die Fakten zurückzuverweisen.

»Verzeihung, meine Herren, gestatten Sie mir eine

Frage zu dem mit den Leichenteilen gefundenen Material. Darunter befinden sich doch möglicherweise wertvolle Beweisstücke!«

Staatsanwalt Settegast blickte mich zuerst erstaunt an, als wisse er gar nicht, wovon ich redete. Dann winkte er kopfschüttelnd ab.

»Also, bezüglich des Taschentuchs mit dem roten ›A‹ als Monogramm, darauf spielen Sie doch an, Wehn, nicht wahr – auf unsere Suchannonce hin hat sich bis heute niemand gemeldet. Kein einziger Hinweis.«

»Und die übrigen Beweisstücke, Herr Staatsanwalt? Laut Akten waren die gefundenen Leichenteile in grobes Papier und Leinwand verpackt gewesen. Dazu eine rot-weiße Kordel. Und mit dem Kopf zusammen fanden sich Reste einer Zeitung.«

Der Staatsanwalt lächelte süffisant und schüttelte wieder den Kopf.

»Ich sehe, Sie haben die Akten gut studiert, mein lieber Wehn. Aber ich muss Sie enttäuschen, Papier und Leintuch sind derart gewöhnlich, dass sie uns keinerlei Hinweise liefern konnten. Ebenso wenig die Kordel. Allerweltsmaterial, jeder könnte sie benutzt haben.«

Das Gleiche gelte für die Zeitungsreste am Kopf.

»Ein vier Jahre alter Papierfetzen. Vielleicht war einmal Fisch oder Fleisch vom Markt darin eingewickelt. Wie wollen Sie da den Weg zum Mörder rekonstruieren? Nein, nein, aussichtslos. Leider.«

In diesem Punkt waren sich die beiden Streithähne

erstaunlich einig. Der Bürgermeister pflichtete dem Staatsanwalt sogar ausdrücklich bei, es sei bloße Zeitverschwendung, Indizien zu verfolgen, die am Ende keinerlei Beweiskraft hätten. Und neue Erkenntnisse dazu gebe es bislang nun mal nicht.

Weder von dem einen noch von dem anderen war hier also Unterstützung zu erwarten.

Dessen ungeachtet begab ich mich nach dieser denkwürdigen ersten Unterredung unverzüglich zur Asservatenkammer des Gerichts und ließ mir die Stücke zeigen.

Es handelte sich in der Tat, neben den belanglosen Fetzen einer vier Jahre alten Zeitung, auch im Weiteren um ganz gewöhnliches Material: rötlich braunes Packpapier, das infolge des Wassers bereits stark aufgeweicht gewesen war, Stücke eines zerschnittenen bräunlichen Leinensacks und Teile einer rot-weißen Kordel, eines festen fingerdicken Bindfadens.

Ich konnte keine besonderen Merkmale feststellen, die eine Spur ergeben könnten, und wollte schon aufgeben – bis ich unerwartet eine Entdeckung machte! Die Packleinwand war an einer Nahtstelle mit einer winzigen, nur hauchdünn noch lesbaren Nummer bedruckt: 4529/37 6565. In den Akten war sie nicht erwähnt, also offensichtlich übersehen worden. Eine, mit Verlaub, unverzeihliche Schlamperei.

Ich kümmerte mich sofort darum und erfuhr, dass es in Konitz, hinter dem Bahnhof gelegen, eine Tuchfabrik gab, und telefonierte mit dem Direktor. Der verwies mich an seinen Chef-Buchhalter Haase.

»Jawohl, wir verwenden Seriennummern für unsere Tuche und Stoffe, Herr Kommissar.«

Ich nannte ihm die Nummer, die auf dem Leinensack stand.

Er wiederholte sie zur Kontrolle.

»Diese Nummer verwenden wir für einen bestimmten sehr groben Leinenstoff. Kein Zweifel, Herr Kommissar, das dürfte einer von unseren Leinensäcken sein.«

»Wozu dient die Nummer eigentlich?«

»Um den Vorgang kontrollieren zu können, Herr Kommissar. Von der Herstellung bis zum Abverkauf an den Endkunden.«

»Das heißt, Sie können anhand der Seriennummer nachvollziehen, wem Sie den Stoff jeweils verkauft haben?«

»Richtig. Bei jedem einzelnen Stück. Schon im wohlverstandenen Eigeninteresse, etwa bei Reklamationen.«

»Verstehe. Dann bitte ich Sie, zu überprüfen, wem alles Sie den Stoff mit genau dieser Seriennummer verkauft haben, Herr Haase.«

Nach einer halben Stunde erhielt ich die Antwort am Telefon.

»Von dem Sackleinen mit exakt dieser Seriennummer hatten wir keine Auslieferungen an private Kundschaft. Und an gewerblichen Kunden nur eine einzige seit längerer Zeit. Wissen Sie, wir sind mittlerweile in der Lage, weitaus besseres Sackleinen …«

»Aha. Und an wen?«

»Wie?«

»Wer war der Kunde, dem Sie den bewussten Leinenstoff geliefert haben?

»Das war die Schneiderei Plath, hier in Konitz. Schneidermeister Otto Plath heißt der Kunde, so steht es in unserem Geschäftsbuch. Lieferanschrift: Konitz, Hennigsdorferstraße 12.«

»Gibt es noch einen weiteren Schneidermeister mit Namen Plath in Konitz?«

»Meines Wissens nicht, Herr Kommissar, jedenfalls keinen, der Kunde bei uns wäre.«

Ich ließ diesen Plath nicht vorführen, sondern ordnete ohne Vorwarnung eine Hausdurchsuchung an. Ich leitete sie persönlich.

Sie war auf Anhieb erfolgreich.

In der Werkstatt des Schneiders fanden sich weitere Stücke des Packleinens mit derselben Seriennummer. Auch fand sich eine genau gleiche rot-weiße Kordel, wie sie der Täter benutzt hatte, um die Leichenpakete zu schnüren. Außerdem Stöße des gleichen braunen Packpapiers, sogenannte Lederpappe, mit der auch Winters Rumpf und Becken verpackt worden waren.

Ich ließ Otto Plath als dringend tatverdächtig verhaften und verhörte ihn umgehend im Untersuchungstrakt des Stadtgefängnisses.

Plath war nicht das dürre Schneiderlein, das man aus Grimms Märchen kennt, sondern ein kräftiger Mann Ende dreißig von mittlerer Größe, mit entschlossenem, um nicht zu sagen wildem Blick. Eine Konstitution, die Ernst Winters Mörder unbedingt aufweisen musste, da nicht vorstellbar war, wie ein Mann den kräftigen Jungen sonst hätte überwältigen können.

Plath hatte sichtbar große Angst. Gewiss nicht ohne Grund.

»Sie schwitzen ja, Plath. Sie haben die Hosen gestrichen voll, Mann.«

»Aber Sie verdächtigen mich doch, Herr Kommissar. Wie soll ich da nicht ins Schwitzen kommen.«

»Wenn Sie unschuldig sind, brauchen Sie keine Angst zu haben.«

Er schwieg.

»Erklären Sie mir, wie Sie an das Stück Leinen gekommen sind, mit dem Ernst Winters Leiche verpackt wurde.«

»Ich kann Ihnen das nicht erklären, Herr Kommissar. Weil ich ihn nicht gemordet habe.«

»Nicht. So. Wie kommt es dann, Plath, dass Sie der Einzige sind, dem die hiesige Tuchfabrik Sackleinen mit eben der Seriennummer geliefert hat, die auch Winters Mörder verwendet hat, was?«

»Ich … ich weiß es nicht. Aber ich schwöre, ich war das nicht!«

»Glauben Sie ja nicht, dass Ihnen ein Meineid hilft,

den Kopf aus der Schlinge zu ziehen, Plath. Ich kriege Sie, verlassen Sie sich drauf.«

Die Nachricht, dass der Schneider Otto Plath im Fall Winter verhaftet worden war, verbreitete sich in Windeseile in Konitz. Und in diesem Fall erwies sich das als durchaus nützlich. Noch am selben Tag meldeten sich zahlreiche Zeugen (besser: Informanten), die Aussagen über Plath und sein Verhältnis zu Ernst Winter machen konnten.

Otto Plath musste Ernst Winter demnach gut gekannt haben. Sein weitaus jüngerer Bruder Rudolf hatte mit Winter zusammen einen Tanzkursus besucht, die Schüler hatten sich angefreundet, Winter war oft zu Besuch im Hause Plath. Dort lebte Otto Plath trotz seiner achtunddreißig Jahre wie sein jüngerer Bruder noch immer bei seiner Mutter.

Plath galt als ›Urning‹, wie die Westpreußen zu einem Päderasten sagen, er habe schon lange ein unnatürliches Interesse an Knaben gezeigt, wussten mehrere Informanten.

Ich konfrontierte ihn mit den neuen Erkenntnissen, er war inzwischen sichtlich abgemagert, sodass die Hoffnung bestand, er würde nicht lange Widerstand leisten und gestehen.

»Sie mögen hübsche Knaben wie den Winter, was, Plath.«

»Wer sagt das?«

»Die Leute. Konitzer. Ihre Nachbarn. Kunden.

Kundinnen vor allem, die Päderastie bei einem Mann Ihres Alters gleich bemerken.«

»Päderastie?«

»Heucheln Sie doch nicht, Plath! Sie kannten Ernst Winter. Er gefiel Ihnen. Hübscher, großer, schlanker Junge. Sie wollten ihn haben, aber leider interessierte er sich nicht für Sie, er war hinter den Mädchen her. Sie lockten ihn unter einem Vorwand in einen stillen Winkel, gibt ja genug davon in der Stadt. Sie bedrängten ihn, er wehrte sich, drohte, sie anzuzeigen bei der Polizei, Sie wurden wütend, verloren die Nerven und dann …«

Ich deutete den Schnitt durch die Gurgel an.

»Nein!«

»Nein? Sie machten es also ganz kaltblütig, ja? Der blanke Mord.«

»Nein. Das stimmt alles nicht. Ich hatte kein Interesse am Winter. Nicht … nicht *so* ein Interesse.«

»Sondern?«

»Gar keins. Herrgott ja, ich kannte ihn. Wie denn auch nicht, er besuchte den Rudolf regelmäßig. Es waren meist auch noch andere Jungens da. Sie kamen zum Kartenspielen, tauschten Briefmarken, was weiß ich.«

»Es gibt Zeugen, die behaupten, das Verhältnis von Winter zu Ihnen sei weit intimer gewesen als das zu Ihrem kleinen Bruder Rudolf.«

»Wer behauptet denn so etwas?«

»Ich werde den Teufel tun und Ihnen meine Zeugen nennen, Plath. Für wen halten Sie sich.«

Die Einschätzung des auffällig freundschaftlichen Verhältnisses zwischen Otto Plath und Ernst Winter stammte von dem Gymnasiasten Verspohl. Vom Bäckermeister Lange gedrängt, dem er es zuerst erzählt hatte, hatte er sich bei mir gemeldet.

»Ich habe den Winter nicht umgebracht, Herr Kommissar.«

»Dann erklären Sie mir, wie das Sackleinen – *Ihr* Sackleinen, Plath – und die rot-weiße Kordel, kunstvoll geschnürt, wie es ein Schneider macht, erklären Sie mir, wie diese Beweisstücke zu den Leichenfunden kommen konnten, wenn Sie doch unschuldig sind.«

»Ich ... ich weiß es nicht. Ich grüble ja schon die ganze Zeit, zermartere mir den Kopf. Ich weiß nur, dass ich es nicht war. Und der Lurch – ja, der Lurch! – kann es bezeugen.«

Hatte er bereits den Verstand verloren?

»Was für ein Lurch, Mensch?«

»Na Lurch, mein Untermieter. Vielmehr der meiner Mutter. Fritz Lurch. Wir waren den ganzen Sonntag über zusammen, Lurch und ich.«

Lurchs Befragung ergab, dass Plath zwar wirklich am Sonntag mit ihm Bier getrunken hatte, aber erst ab etwa acht Uhr am Abend.

Der Zeitpunkt war entscheidend.

Es hatte sich nämlich in der Zwischenzeit herausgestellt, dass das Ehepaar Gehrke am Sonntagabend gegen acht Uhr *nicht* den Ernst Winter beobachtet hatte, wie anfangs, »im Überschwang der Gefühle«, ausgesagt. Sie hatten ihn im schummrigen Licht der Straßenlaterne mit einem ebenfalls stattlich gebauten Handelsschüler verwechselt, dem sie jetzt zufällig wieder begegnet waren, sodass sich ihre Beobachtung im Nachhinein als Irrtum erwies.

Ernst Winter, so der neueste Stand, konnte daher sehr wohl schon *vor* acht Uhr umgebracht worden sein. Zwischen etwa sechs Uhr, als ihn gleich zwei junge Zeuginnen noch in der Stadt gesehen hatten, und eben acht Uhr, als Plath bereits mit Lurch zusammen war, wäre der Mord ohne Weiteres möglich gewesen.

Der Schneider war aufgrund seiner Untersuchungshaft von diesem neuen Stand der Dinge abgeschnitten und hatte sich damit nun verspekuliert.

»Sie haben mich angelogen, Plath. Sie waren *nicht* den ganzen Tag mit Ihrem Untermieter zusammen in der Stadt.«

»Um Vergebung, Herr Kommissar. Es stimmt, der Lurch und ich, wir waren wirklich erst am Abend zusammen in Hunzels Lokal. Jetzt fällt's mir wieder ein.«

»Kommen Sie, Plath, für wie dumm halten Sie mich?«

»Herr Kommissar, es war so, ich war an dem Nachmittag, wo man den Winter … da war ich mit dem Weichel unterwegs.«

»Weichel. Wer ist das?«

»Volksschullehrer Weichel. Wir waren zuerst im

Stadtwald draußen, so ab zwei Uhr, sind dann zum Schützenhaus. Bis um halb acht ungefähr. Dem Weichel ist schlecht geworden vom Apfelwein, da ist er nach Haus gegangen. Und ich auch. Dort hab ich dann den Lurch angetroffen, so war's.«

»Wenn das stimmt, warum haben Sie das nicht gleich gesagt, Mensch?«

Die Antwort auf meine Frage erhielt ich nicht von Plath, der dazu trotzig schwieg, sondern durch die weiteren Vernehmungen.

Lehrer Weichel, Georg, genoss in der Stadt einen vergleichbaren Ruf wie Plath. Er galt als Päderast, habe ebenso wie der Schneider Plath eine perverse Schwäche für Knaben, gab Kriminalschutzmann Beyer wieder, was in Konitz allgemein bekannt war.

Das war also der Grund, warum Plath es vermieden hatte, seinen intimen Spaziergang mit Weichel im Stadtwald am Mordtag zuzugeben: Er war sich nicht sicher, ob ihn dieser Umstand nicht eher zusätzlich belastete, statt als Alibi zu dienen.

Und in der Tat, in meinen Augen belastete er ihn sogar erheblich.

Zudem fürchtete er wohl, dass bald ganz Konitz von dem gemeinsamen Stadtwaldausflug mit Weichel erfahren würde. Dann wäre ihrer beider Ruf als ›Urninge‹ endgültig besiegelt gewesen, ein letztlich hoher Preis, um aus der Haft entlassen zu werden.

Ich vernahm den Lehrer Weichel, einen gesetzt und durchaus honorig wirkenden Mann von dreiundvierzig Jahren mit schwermütigem Ausdruck im Gesicht.

»Was taten Sie am Sonntag, dem 11. März, in der Zeit nach dreizehn Uhr, Herr Weichel?«

»Ich aß zu Mittag im Lokal Heidemann am Wilhelmplatz.«

»Allein?«

»Allein.«

»Sie sind verheiratet?«

Er musterte mich mit einem etwas scheelen Blick.

»Ja. Aber ich nehme doch an, Sie wissen sicher schon, dass ich von meiner Frau getrennt lebe?«

Als Ortsfremder wusste ich davon nichts, nickte aber ganz beiläufig.

»Wann verließen Sie das Lokal und was unternahmen Sie danach?«

»Gegen halb zwei etwa verließ ich das Heidemann und ging zu Plath. Ab der Zeit war ich mit ihm unterwegs.«

»So. Unterwegs. Wurden Sie von jemandem gesehen?«

»Wir waren spazieren. Im Stadtwald.«

»Den ganzen Sonntagnachmittag?«

»Jawohl. Dort hat uns aber wohl keiner gesehen. Also, nicht dass ich mich erinnern könnte. Wir gingen danach Richtung Haus der Schützengilde, falls Sie das kennen, um dort etwas zu trinken.«

»In der Nähe des Schützenhauses wurde Ernst Winters Kopf gefunden, Herr Weichel.«

»Ich weiß. Aber erst sehr viel später, im April.«

Er ließ sich nicht aus der Ruhe bringen. Das steigerte freilich nur meinen Ehrgeiz, ihn zu überführen.

»Sie können bezeugen, dass Sie die ganze Zeit mit Plath zusammen waren?«

»Bis Viertel oder halb acht ungefähr, ja. Wir tranken drei oder vier Flaschen Apfelwein zusammen, das war offensichtlich zu viel für mich. Mir wurde … unwohl. Dafür gibt es Zeugen, die Kellner.«

Das stimmte. Aber die Aussagen dieser Zeugen waren ihm nicht besonders dienlich.

»Die Kellner dieses Abends, Weichel, wir haben sie vernommen, sie erinnern sich tatsächlich an Sie. Aber erst ab kurz vor acht, als Ihnen schlecht wurde. Nicht an die Zeit davor.«

Er zuckte ungerührt die Achseln.

»Wie dem auch sei. Wir gingen zurück in die Stadt, ich nach Hause, um mich ins Bett zu legen, von Plath kann ich es natürlich nicht sagen.«

Damit hatte er Otto Plath zwar ein lückenloses Alibi für die fragliche Zeit geliefert. Es gab somit vorerst keine Handhabe mehr, den Schneider als alleinigen Tatverdächtigen weiterhin festzuhalten. Aber es erschien mir doch äußerst naheliegend und vom Tathergang plausibel, wenn die beiden in der Zeit, die sie angeblich im Stadtwald verbrachten, die Tat *zusammen* verübt hätten.

Eine gemeinschaftliche Tat konnte nach meiner Einschätzung ohnehin sehr viel besser als die Einzeltäterhypothese erklären, dass der kräftige, sportive junge

Winter überhaupt überwältigt werden konnte. Plath und Weichel konnten den jungen Winter am Nachmittag des 11. März unter einem Vorwand in die Nähe des Mönchsees gelockt haben, zum Beispiel in einen der windschiefen Schuppen in Ufernähe. Dort scheiterte zwar ihr Versuch, sich an ihm zu vergehen, doch aus Rache dafür ermordeten sie ihn, verbargen seine Leiche, um später im Schutz der Dunkelheit an den Tatort zurückzukehren. Versehen mit scharf schneidenden Messern könnten sie ihn an Ort und Stelle zerlegt, verpackt und einen Teil davon bereits im Mönchsee versenkt haben. Das Motiv: versuchte Päderastie, Rache am schönen Knaben, der sie – beide – zurückgewiesen hatte.

Um nun aber beide der Tat zu überführen, fehlten mir vorläufig noch die Beweise oder neue, belastende Zeugenaussagen. Die Indizien, Tuch und Kordel, belasteten nur Plath allein. Nicht aber Weichel, der seinerseits Plath entlastete.

Ich sah mich gezwungen, Plath aus der Untersuchungshaft zu entlassen und Weichel auf freiem Fuß zu lassen. Jedoch nur vorläufig.

Fatalerweise sah sich Staatsanwalt Settegast durch Plaths Haftentlassung, trotz meiner Erklärungen dazu, in seiner Entscheidung bestätigt, den Juden Israelski weiterhin in Untersuchungshaft zu behalten.

»Der Verdacht gegen Israelski ist nicht ausgeräumt.«

Aber er war noch weniger bewiesen als der gegen Plath und Weichel.

Aus meiner Sicht waren die Beschuldigungen gegen den Juden von jeher unhaltbar gewesen. Und beinahe schien es in dieser Phase der Ermittlungen so, als sähe das ein erheblicher Teil der Konitzer Bevölkerung mittlerweile ebenso wie ich. Denn die Mordvorwürfe gegen die Juden in der Stadt traten in diesen Tagen nahezu ganz zurück hinter den Schatten, der nun auf Plath, trotz seiner vorläufigen Haftentlassung, und Weichel lag.

Das Gerede in Konitz vom ›Urningsverhältnis‹ zwischen den beiden Männern schwoll an wie Bocksgesang! Und es dauerte nicht lange, da meldeten sich Zeugen, die nun beide, den Lehrer *und* den Schneider, belasteten. Den einen charakterlich, den anderen direkt als Mörder Ernst Winters.

Auf diese Entwicklung hatte ich gehofft.

Insbesondere der Lehrer erschien in einem immer zweifelhafteren Licht. Ein Schaffner der Eisenbahn wusste zu berichten, dass Weichel am Dienstag, dem 13. März, dem Tag, als Ernst Winters Torso aus dem Mönchsee gezogen worden war, eine Fahrkarte nach Berlin gelöst hatte, um sich dort ärztlich behandeln zu lassen.

»Ich wunderte mich darüber, ihn während des Schuldienstes im Zug zu sehen. Es war ja gegen Mittag, er nahm den Elfdreiundvierzig Danzig-Berlin. Es wäre wegen einer Kehlkopfentzündung.«

»Behauptete Weichel?«

»Ja. Hab ihn danach gefragt, nicht wahr.«

Am selben Abend war der Lehrer wieder zurück, erinnerten sich Weichels Nachbarn.

Nun stellte das zwar seine Aussage bezüglich des Mordtags nicht infrage. Aber in der Konitzer Bevölkerung kursierten sogleich Gerüchte, Weichel habe sich in Wahrheit wegen der Folgen widernatürlichen Geschlechtsverkehrs (mit der Leiche Ernst Winters) behandeln lassen müssen: in Berlin, möglichst anonym, weit weg von Konitz.

Ich glaubte selbstverständlich nicht daran, ließ ihn aber erneut vorführen. Irgendetwas schien mir an der Sache nicht koscher.

»Sie fuhren fünf Stunden bis Berlin, um einen Arzt aufzusuchen, Weichel? Und das wegen läppischer Halsschmerzen?«

»Nicht wegen Halsschmerzen, Herr Kommissar. Hier, der Kehlkopf, die Speiseröhre, ein Brennen bis runter in die Gedärme.«

»Gut. Und warum gleich bis nach Berlin deshalb?«

»Weil es da die besten Ärzte gibt, heißt es.«

»So. Und bei welchem Arzt waren Sie denn?«

»Bei keinem.«

»Keinem? Wollen Sie mich zum Besten halten? Weichel, ich warne Sie, ich kann Sie ohne Weiteres festsetzen lassen.«

Ich verlor, zugegeben, die Geduld mit ihm.

»Ich habe mich nicht genug ausgekannt in Berlin. Musste ich dann feststellen. War natürlich … dumm von mir. Und teuer. Von wegen der Zugfahrt und so weiter.«

Log er dreist? Oder war sein Gehirn durch Schnaps und Bier und billigen Wein (das Salär eines kleinen Volksschullehrers ist bekanntlich nicht allzu üppig) bereits derart durchweicht, dass er wirklich die Orientierung verlor, wenn er in der Hauptstadt einen Arzt aufsuchen wollte.

Die Vorwürfe gegen Weichel hörten nicht auf. Als Nächstes hatte ich mich um die Aussage eines seiner Schüler zu kümmern, Gerber, Wolfgang, elf Jahre alt. Sein Lehrer Weichel, behauptete der Knabe, habe sich ihm unsittlich genähert. Zeugen dafür gab es nicht außer dem Schüler selbst, wohl aber wussten Weichels Kollegen, dass der Arbeitersohn Gerber ein Schüler der besonders aufsässigen Sorte war und Weichel ihn deshalb des Öfteren habe züchtigen müssen, angeblich vollkommen zu Recht. Ein kleiner Denunziant also, der sich an seinem Lehrer rächen wollte; eine weitere ärgerliche Sackgasse in den Ermittlungen.

Wie zum Schutz gegen die anrollende Lawine aus Vorwürfen gegen ihren Mann zog überraschend Weichels Frau wieder bei ihm ein. Zuvor hatte sie mit den drei Kindern monatelang im Haus ihrer Schwester im Süden von Konitz gewohnt. Eine mutige Frau, wie es schien, da sie weder das Geschwätz der Leute fürchtete noch die dunkle Seite ihres Mannes.

Plath erging es nicht besser als Weichel, auch er geriet zunehmend in die Enge, was mir nur recht war. Mindestens einer von beiden, Plath oder Weichel, musste die Nerven verlieren und endlich gestehen. Ein Mann namens Gehrke, Albert, nicht verwandt mit dem Ehepaar Gehrke, das seine Aussage erst kürzlich revidiert hatte, wollte wissen, dass der Schneider Plath früher beim Militär eine Ausbildung zum Sanitäter gemacht hätte. Er besitze genaue anatomische Kenntnisse und könne Körperteile wie ein Arzt zerlegen.

Auch über Weichel wurde nun Ähnliches berichtet, der Lehrer selbst habe sich vor nicht allzu langer Zeit noch gerühmt, er könne Leichen sezieren »wie ein Professor«.

Wie lange würden sie diesem öffentlichen Druck noch standhalten? Ich sah die Schlinge um den Hals der beiden ›Urninge‹ sich immer mehr zuziehen und hatte bereits den Entschluss gefasst, beide Tatverdächtige erneut ins scharfe Verhör zu nehmen, als mich der Schneider überraschend von sich aus im Rathaus aufsuchte.

Zu meinem Erstaunen war er vollkommen ruhig und gab zu Protokoll, dass er mir inzwischen den entscheidenden Hinweis auf den wahren Mörder liefern könne.

»Na, da bin ich aber gespannt, Plath.«

»Das Sackleinen, Herr Kommissar. Sie haben mich doch gefragt, wie es sein kann, dass die Leiche, also …«

»Jaja, und?«

»Ich weiß es jetzt. Ich verkaufte einen Teil des Stoffs, der übrigens für meine Zwecke nicht besonders zu gebrauchen ist, viel zu grob und zu hart, außerdem fehlerhaft verarbeitet …«

»Plath, zur Sache!«

Seine Absicht, mich zu verwirren, war offensichtlich.

»Also, ich verkaufte das Leinen an die Lumpen-Lewy.«

»An wen?«

»Pauline Lewy.«

»Wer soll das nun wieder sein?«

»Die Schwester vom Schlachter Lewy in der Danziger. Eine Lumpensammlerin. Nicht zu verwechseln mit Lewys Frau, die ebenfalls Pauline heißt, Pauline Lewy.«

»Was Sie nicht sagen, Plath.«

»Ja. Es liegt doch damit auf der Hand, wie die Teile, also vom Winter, wie die in den Leinensack von mir gekommen sind.«

»Sie wollen sagen, Plath, die Lumpensammlerin hat den Sack ihrem Bruder, dem Schlachter Lewy, gegeben, damit der nach erfolgter Schlachtung des Opfers die Leichenteile darin einwickeln konnte, um sie hernach im See zu versenken.«

»Genauso muss es gewesen sein.«

Ich erhob mich langsam und schritt zur Tür.

»Ganz gewiss muss es so gewesen sein, Plath. Denn wenn es die Juden waren, die Winter ermordet haben, nicht wahr, dann können *Sie* nicht weiter in Verdacht stehen.«

Es war ein allzu durchsichtiges Manöver.

Darauf gab es nur eine Antwort.

Ich riss die Tür auf.

»Hinaus mit Ihnen, Plath!«

Bereits einen Tag nach Plaths obskurer Aussage im Verhör brachte die Staatsbürger-Zeitung auf der ersten Seite, als ›sensationelle Wende im Fall Ernst Winter‹, Plaths neueste Version, die ›den jüdischen Schlachter Adolph Lewy aufs Schwerste‹ belaste. Zugleich wurde die Haltung ›des auswärtigen Beamten Wehn‹ angeprangert, ›die Aussage des nunmehr doch über jeden Verdacht erhabenen Konitzer Bürgers Plath, den der Berliner Kommissar immerhin selbst freigelassen hat, in unverantwortlicher Weise zu ignorieren: Die wahren Mörder lachen sich derweil frech ins jüdische Fäustchen.‹

Der Graudenzer Gesellige, das meistgelesene Blatt in Westpreußen, wie ich mir hatte sagen lassen, schwieg zwar vornehm zu dem Schmutz, mit dem die Staatsbürger-Zeitung nun auch gegen mich warf. Doch die Gazeta Gdanska, die Westpreußische und der Pilger übernahmen die Hetze beinahe Wort für Wort.

Niemals hätte ich mir vorstellen können, dass angesichts eines vorübergehenden Stillstands der Ermittlungen ein Zeitungspamphlet als Initialzündung ausreichte, um ein weiteres Mal die Unruhen in Konitz, ja einen regelrechten Aufruhr in der Stadt, zu entfachen.

Als hätten alle nur auf das Signal zum Halali gewartet, hallten bereits in der ersten Nacht nach der Veröffentlichung gespenstische Hep-Hep-Rufe durch die dunklen Straßen, begleitet von wahren Steinbombardements gegen jüdische Häuser und Geschäfte. Die Fenster der Privaträume in den oberen Etagen des Hauses Lewy und sämtlicher jüdischer Läden, die nicht rechtzeitig die Fensterläden hatten schließen können, wurden eingeworfen, die Türen demoliert. Kinder wurden in den folgenden Tagen mit Zehnpfennigstücken dafür bezahlt, dass sie vor den Häusern der Juden (und auch solchen, die vermeintlich jüdisch klingende Namen hatten) »Juden raus aus unsrer Stadt!« skandierten. Es gab am hellen Tag Angriffe gegen Juden, die es noch wagten, sich offen in der Stadt zu zeigen. Ein Wunder, dass es neben schweren Verletzungen nicht zu Todesfällen kam.

Nach einem Streit in einem Wirtshaus in der Bahnhofstraße rotteten sich die Beteiligten schließlich zusammen, stürmten hinaus, hinunter zum Mönchsee, rissen dort den Zaun des Synagogengeländes ein und warfen mit Steinen alle Fenster des Tempels ein. Sie drangen in das Gebäude ein, zerschlugen die hölzernen Betstühle, zerrissen die Vorhänge und zerstörten die religiösen Bücher – bis auf die Thorarollen, die vorsichtshalber schon früher in Sicherheit gebracht worden waren.

Mit einem Wort, es herrschte blanke Pogromstimmung in Konitz.

Ein Krisentreffen fand statt, eilig anberaumt im Büro des Bürgermeisters.

Deditius' schwarzer Blick war ein einziger Vorwurf gegen mich.

»Gott, es ist schlimmer als zuvor, Wehn. Und das ist Ihre Schuld. Sie haben die Ermittlungen in eine Sackgasse geführt.«

Der Staatsanwalt, sonst erbitterter Gegner des Bürgermeisters, nickte schwer dazu.

Ich schwieg beschämt. Sie hatten recht, ich war gescheitert.

Alles, was ich in der Hand hatte, waren zwei lose Enden: Plath und Weichel.

Und die hatte ich mir von der Hetzpresse aus der Hand nehmen lassen.

Ich hatte die explosiven Verhältnisse in Konitz und ihre Signalwirkung weit darüber hinaus vollkommen unterschätzt.

PETECHIEN

Mit der Ostbahn ab Schlesischem Bahnhof Richtung Königsberg um halb neun heute Morgen. Strahlendes Maiwetter, blanker blauer Himmel.

Hättest deine Freude dran gehabt, Trud.

Letztes Jahr hätten wir's noch zusammen genießen können.

So unfassbar das alles.

Jenseits der Oder weggenickt, durchgeschlafen bis Deutsch Krone. Der Regen trommelte infernalisch aufs Dach, trister Blick aus dem Abteilfenster. Tiefer schwarzer Himmel, Roggenfelder, so weit das Auge reicht, vom Sturm gepeitscht. Ab Jastrow dann zunehmend Heide, Kiefern, die sich in den sandigen Boden krallen, hin und wieder Birken, Erlen. Immer wieder Seen, trübe graue Augen in der flachen braungelben Landschaft.

Gegen Mittag fuhr der Zug bei klarem Sonnenschein in Konitz ein. In der Mietkutsche vom etwas abseits gelegenen Bahnhof (die Stadt wurde spät an die Ostbahn angeschlossen, wusste der Schaffner) zum Hotel. Prächtige Wohnhäuser auf dem Promenadenweg in die Stadt, besonders rund ums Kriegerdenkmal auf einem großen Platz im Südosten. Eine breite Geschäftsstraße, Danziger geheißen, führt direktemang in die Katholische Kirche (riesiges kantiges Backsteintrumm) hinein. – Na, nicht ganz, vorher macht sie einen scharfen Knick nach links und öffnet den Blick auf ein finsteres mittelalterliches Tor ganz am westlichen Ende der Innenstadt. Lebhafter Verkehr, Gespanne, Kutschen, Fußgänger, paar Zweiradfahrer.

Das Auge verletzend der Anblick von mindestens einem halben Dutzend Geschäftshäusern auf dieser Strecke mit verriegelten Türen und heruntergelassenen Rollläden vor den Fenstern. Geschlossene Geschäfte am helllichten Tag, jüdische Geschäfte. Der Name Adolph Lewy in großen schwarzen Lettern über dem Eingang des Geschäfts vis-à-vis der Katholischen, alle Türen und Fenster wie bei den anderen verriegelt und verrammelt.

Im Bogen ging's um den Marktplatz herum. Ein schäbiges graues altes Stadthaus steht beinahe Rücken an Rücken mit einer schmucken kleinen rosafarbenen Kirche. Kaum zu glauben, dass darin alle Evangelen des Ortes Platz finden: zehntausend Einwohner, Katholen und Evangelische halbe-halbe.

»Dazu die Handvoll Juden.« (Der Kutscher)

Kühns Hotel ist ein großes Eckgebäude am Marktplatz. Ein jungblonder Hoteldiener zeigte mir mit verschlossener Miene mein Zimmer im zweiten Stock. Nachfolge Wehn.

Kleiner Kirschholz-Sekretär, Kaiserbild links, Alter-Fritz-Porträt rechts, Christuskreuz überm Doppelbett. Blick schräg hinunter auf den Marktplatz.

Berlin wollte ihn (Wehn) übrigens ganz von Konitz abberufen, und er war deprimiert genug, ohne Murren zu akzeptieren. Ich nahm ihn beiseite nach der Ermittlerkonferenz gestern.

»Sind Sie nicht dumm, Wehn! Wenn Sie jetzt aufgeben, wird man Sie auf ewig ins Kriminalarchiv stecken, irgendwohin, wo Sie garantiert versauern und verbittern, falls beides zusammengeht.«

»Das entscheide nicht ich, Herr Inspektor.«

Eigentlich ein guter Mann, Familienvater, Verantwortung und so weiter. Dabei noch jung.

»Wollen sehn, was sich machen lässt, Wehn.«

Ich schlug vor, dass er nach einer Pause von ein, zwei Wochen in Berlin nach Konitz zurückkehren solle. Ich bräuchte einen fähigen Assistenten in der Höhle des Löwen.

Man staunte.

Und akzeptierte.

Wehn selbst mit einem lachenden und einem weinenden Auge. Ich reichte ihm, mündlich, ein Taschentuch.

»Ihr Misserfolg in Konitz war politischer Natur, mein Lieber. Wir Kriminaler sind zum Aufklären da, nicht zum Befrieden des Mobs.«

»Das sieht man in Konitz anders, Herr Inspektor. Und hier in Berlin auch.«

»Sie hatten zu wenig Zeit, Wehn. Kommen Sie nach, dann schaukeln wir das.«

»Danke, Herr Inspektor.«

Er verbeugte sich (zu tief). Den Opportunismus muss ich ihm noch austreiben.

Kühn, der Hotelier, ein pfeildünner Mann Anfang sechzig, begrüßte mich beim Mittagessen unten im Saal. Servile Natur, sicher nützlich im Hotelgewerbe, aber doch auch abstoßend.

»Ihr Name ist bekannt in Konitz, Herr Inspektor. Wen Braun ins Auge fässt, der ist geliefert! So steht es in der Zeitung.«

»In welcher?«

»Staatsbürger.«

Sage mir, was du liest …

Die Staatsbürger-Zeitung vorneweg hat die Fallstricke ausgelegt, über die Wehn am Ende gestolpert ist. Besser gleich umziehen? Jedenfalls ist Vorsicht geboten im Hause Kühn.

Nach dem Mittagessen (Kalbsschnitzel, Kartoffeln, Pilze) kleiner Spaziergang durch die Gemeinde. Die Innenstadt eng und alt, selbst das große Karree des Marktplatzes verstellt durch Rathaus und Kirche, Rücken an Rücken wie siamesische Zwillinge. Hotels, Geschäfte, Gaststätten, hohe Bürgerhäuser, die Post. Das Ganze bewacht und überragt von dem düsteren Steinklotz der Katholen. Gleich daneben eine schlanke helle Jesuitenkirche, die das Gymnasium (Winters Gymnasium) flankiert.

Alles sauber und in der Ordnung.

Wenn nur der Mordfall nicht wäre.

Am nördlichen Ende des Marktplatzes die Bäckerei Lange, welche nach Aktenauskunft den Winter beherbergt hat.

Schon eine Straße weiter nördlich beginnt es, schmuddelig zu werden. Enge dunkle Gassen, Gestank, Geschrei und Geschnatter (irgendwelches Federvieh) aus den Wohnungen. Windige Gestalten, die sich in den Schatten baufälliger Häuser drücken, wenn man sie ansieht.

Im Osten imposante Reste der mittelalterlichen Stadtmauer. Den Fuß verstaucht auf dem klobigen alten Pflaster (du lachst?). Das am Ende der Danziger Straße dräuende Stadttor sinnigerweise Schlochauer Tor geheißen, da es nach Westen, Richtung Schlochau führt – aber auch nach Nordwesten, Richtung Stadtwald und Schützenhaus, Fundort des Kopfes laut Akte. Verlockende Allee, die dort hinausführt, werde sie später, morgen vielleicht, gehen.

Im Süden der Mönchsee, wo das Konitzer Drama begonnen hat. Obwohl träge in der Sonne liegend, scheint der See die Stadt geradezu zu bedrängen, so nah rückt seine Wasserlinie heran. Die ›Spüle‹ genannte Ausbuchtung des Sees grenzt an das Grundstück der Judengemeinde (unscheinbare weiß gekalkte Synagoge) sowie an verschiedene Holzschuppen, darunter, weiß ebenfalls die Akte, auch jener des Schlachtermeisters Hoffmann.

Im Osten die Promenade, die zum Bahnhof führt, und der evangelische Friedhof, der katholische etwas weiter nördlich. Von Südosten her grüßen unfreundlich verschiedene Fabrikgebäude, zu denen (oder von denen fort) enge baumlose Straßen mit kleinen Handwerker- oder Arbeiterhäusern führen. In einem davon soll der Schneider wohnen, den Wehn am Wickel hatte, ohne ihn allerdings überführen zu können.

Über dem Städtchen stand den ganzen Nachmittag über die helle gelbe Maisonne, strahlte, als könne sie so das Geschehene ungeschehen machen.

Aber der Junge ist tot.

Unwiderruflich.

Grausames Wort.

Was es bedeutet, weiß ich erst durch dich.

Vielleicht, wenn wir ein Kind hätten haben können. Oder, wenn ich dich doch zurück ans Theater hätte gehen lassen. »An ein richtiges Haus, kein Tingeltangel, Johann.« Deine Worte – nur einmal ausgesprochen, ein einziges Mal in meiner Gegenwart – heute zucken sie durch meinen Kopf wie grelle Blitze.

Um vier Uhr das vereinbarte Zusammentreffen mit Bürgermeister und Erstem Staatsanwalt im Rathaus. Deditius ein großer, dabei etwas fülliger blonder Mann in seinen Vierzigern, bartlos, mit Pausbacken und hellen, aber sorgenvoll blickenden Augen.

»Ich bin aufrichtig froh, dass Berlin Sie geschickt hat, Herr Inspektor. Der junge Wehn war denn doch am Ende deutlich überfordert.«

Ich verschwieg ihm vorerst, dass Wehn sehr bald wieder Gelegenheit haben würde, sich zu rehabilitieren.

Settegast, der die Untersuchung bisher leitende Staatsanwalt, wirkt neben dem konzentrierten, wenn auch besorgten Bürgermeister wie ein Nervenbündel. Ständiges Zucken des rundlichen Gesichts unter dem dünnen rötlichen Backenbart. Kleine, ängstliche braune Augen, die alles nur kurz und überhart fixieren, um immerzu weiterzuspringen. Die Sorte Zigarrenkauer und nasse Aussprache.

»Hoffe, Ihnen nicht zu nahe zu treten, Herr Braun, aber ich stimme dem Herrn Bürgermeister vollauf zu, was Ihren Kollegen, den Kommissar, betrifft: überfordert, um nicht zu sagen, unfähig. Und unwillig, die einzig bedeutsame Spur zu verfolgen, die Erfolg verspricht.«

»Welche meinen Sie, Herr Staatsanwalt?«

Er sah mich erstaunt an.

»Nun, ich meine die zahlreichen Hinweise aus der Bevölkerung hinsichtlich der Beteiligung der Juden am Winter-Mord.«

»Welcher Juden genau, Herr Staatsanwalt?«

»Aber haben Sie denn die Akten nicht gelesen, Inspektor?«

Scharfer Ton. Reizbarer, unkontrollierter Charakter, wie's scheint.

»Sie meinen die Beschuldigungen gegen den Juden Israelski, den Sie haben verhaften lassen?«

Ein Skandal, dass er noch immer einsitzt. Peditius, der Bürgermeister, der zornig zum Fenster hinaus schwieg, sieht das offenbar genauso.

»Außer Israelski, Inspektor, wird noch eine beträchtliche Zahl Juden beschuldigt, an dem Mord beteiligt gewesen zu sein.«

»Ich weiß, Herr Staatsanwalt, ich kenne die Akten sehr genau. Rundheraus, Sie sprechen allen Ernstes von Ritualmord?«

»Mit Verlaub, nicht ich spreche davon. Sondern eine große Zahl von Zeugen, die Verdächtiges beobachtet haben, wie gesagt.«

»Zeugen? Wirklich, Herr Staatsanwalt? Als Kriminalbeamter mit ein wenig Erfahrung im Gepäck muss ich Ihnen sagen, Sie haben nichts als Glaubensbekenntnisse, und zwar von der unheiligen Art. Wertlos. Denken Sie nur an diesen … wie heißt er gleich … Orda!«

Der Mann, stell dir vor, will auf der Landstraße, weit vor der Stadt, ›stark jüdisch aussehende Leute‹ auf einem Planwagen gesehen haben, die ein Lasso über Winter geworfen und ihn so gefangen hätten.

Ein Lasso!

Wie in einem Abenteuerbuch von May.

»Orda kannte das Opfer nicht einmal, weil er aus Schlesien stammte, erst wenige Tage vor seiner Aussage aus dem Zuchthaus entlassen. Der Mann konnte Ernst Winter nur als Gespenst begegnet sein. – Mit Verlaub, Herr Staatsanwalt, *das* sind Ihre Zeugen?«

Seine Augen nahmen mich hart ins Visier.

»Orda ist mitnichten *mein* Zeuge, Inspektor. Sondern nur einer von vielen. Ein schwarzes Schaf, zugegeben.«

»Nun gut. Als Privatmann, der ich außerdem bin, Herr Staatsanwalt, darf ich Ihnen sagen: Ich kenne *die* Juden, von denen Sie sprechen, ein wenig. Ich bin mit ihnen aufgewachsen, Tür an Tür, auf dem Balkan, am Schwarzen Meer, sogar in Palästina. Mein Vater war als Kaufmann tätig, unter anderem in der Levante. Und niemals habe ich diesen angeblichen Brauch, Christen zum Pessach zu schlachten, beobachten können. Kein einziges Mal, an keinem Ort, auch später nicht, als Polizist. Ich war '91 in Xanten an den Ermittlungen gegen Buschhoff beteiligt. Ein Schächter wie der Lewy in Ihrem schönen Konitz. Ein Ritualmord der Juden dort? Keine Spur, *buchstäblich* keine. Ich sage Ihnen, um was es sich in solchen Fällen handelt, Herr Staatsanwalt: um ein finsteres Märchen aus dem Mittelalter, dem wir weder als Ermittlungsbeamten noch, verzeihen Sie, als vernunftbegabte Menschen irgend Nahrung verschaffen dürfen. Außerdem lenkt es nur vom wahren Täter ab.«

Herrje, ich bin nicht hergekommen, um diesem Provinz-Staatsanwalt um den dünnen Bart zu gehen!

Das vertrug er nur schlecht, sein Gesicht lief zornig rot an.

»Nicht *wir* verschaffen dieser Spur Nahrung, mein Herr, sondern die *Fakten*. Guten Tag.«

Er stürmte nicht ohne Theatralik aus dem Zimmer – und der Bürgermeister atmete auf, als hätte der Gottseibeiuns den Raum verlassen.

»Wie wollen wir nun weiter verfahren, Herr Braun? Welche Art Unterstützung brauchen Sie? Sie bekommen Wehns Arbeitszimmer selbstverständlich.«

»Lassen Sie einen zweiten Schreibtisch hineinstellen.«

»Wollen Sie einen persönlichen Assistenten, ja? Einen Sekretär? Das ließe sich eventuell …«

Teilte ihm mit, dass Wehn in zehn Tagen zurückkehren werde, um mir zu assistieren. Er starrte mich einige Sekunden lang an, als hätte er nicht verstanden. Dann akzeptierte er schweigend.

Während wir noch zusammenstehen, um das weitere Vorgehen abzustimmen, stürzt aufgeregt ein Beamter herein und teilt dem Bürgermeister in schnellen, abgehackten Worten mit, dass es einen neuen, »brüsanten« Hinweis zum tatverdächtigen Lehrer Weichel gebe.

»Ein Hinweis von der Polizei in Skurz, Herr Doktor.«

»Skurz?«

»Jawohl. Es ist herausgekommen, dass Lehrer Weichel damals, also '84, in Skurz gelebt hat. Ich meine, als der Mord an dem kleinen Jungen dort passiert ist. Und jetzt lebt er doch hier in Konitz, der Weichel. Und wieder wird einer ermordet.«

Der Bürgermeister schüttelt beinahe verzweifelt den Kopf.

»Sehen Sie, Braun, so geht das täglich, seit Wochen. Ein Gerücht jagt das nächste.«

»Sie können beruhigt sein, Herr Bürgermeister, ich bin an Gerüchten nicht interessiert. Und offen gesagt erscheint mir die Spur Plath-Weichel nicht eben vielversprechend. Zu schwache Indizien. Wissen Sie, ein Stück Sackleinen mit einer Seriennummer überführt noch keinen Täter. Was, wenn die Buchhaltung der Tuchfabrik einen Fehler gemacht hat? Das Alibi des Schneiders erscheint mir jedenfalls plausibel und wasserdicht. Und damit auch das des Lehrers.«

Nein, an Plath und Weichel hat sich Wehn vergeblich die Zähne ausgebissen. Er hat sich durch die pure Häufung scheinbarer Indizien täuschen lassen, ohne ihre Güte zu prüfen. Kein seltener Fehler übrigens bei jungen Ermittlern. Weshalb er den Schneider dann ja auch laufen lassen musste.

Der Beamte zuckt drauf die Achseln und schlägt den Blick nieder. Er will nun gar nichts mehr, nur noch den Raum verlassen. Der Bürgermeister tut ihm den Gefallen und entlässt ihn verärgert.

»Ich möchte als Erstes die Leichenteile sehen, Herr Bürgermeister.«

Deditius ging zur Tür und rief den Beamten zurück ins Zimmer.

»Beyer wird Sie zur Pathologie begleiten, Inspektor. Sind nur ein paar Schritte.«

»Wird der Kreisarzt anwesend sein?«

»Doktor Müller. Möglicherweise. Ich werde im Spital anrufen.«

Kriminalschutzmann Beyer, ein freundlicher aber schwermütig schweigender Charakter, führte mich stumm durch die Straßen. Wie überhaupt den Konitzern das Melancholische, auch Dumpfe in den Gesichtern steht. Oder ist es das Wetter? Feuchte schwere Luft heute, tiefe graue Wolken über der Stadt, ein Himmel wie Schimmel.

Das neue Stadtkrankenhaus, rahmhell gestrichen innen wie außen, liegt noch diesseits der düstren alten Stadtmauern, über die der Ort wie ein Geschwür unregelmäßig hinauswuchert.

In der Pathologie dann der alte Kreisphysikus Müller mit seinem Assistenten Bläske. Äußerst förmliche Begrüßung.

»Doktor Bläske.«

»Doktor Müller – *Gustav* Müller sollte ich sagen.«

Wieso sollte er das sagen? Ach, da fiel's mir ein, der Sohn, Doktor Filius Müller, war im Geiste mit anwesend.

Müller senior, Ende sechzig, aufgeschwemmter, teigiger Leib, das Gesicht verquollen und so fahlgelb, dass man den Arzt rufen möchte. Du kennst den Typus (die unselige Metropol-Zeit), der Schnaps hat seinen Körper ruiniert. Sein Hirn dürfte ebenso in Spiritus baden wie die Leichenteile, die er mir dann zeigte. Da alles in der Pathologie nach Alkohol (oder was immer) roch, ging sein Atem darin auf.

Bläske dagegen ein Mittdreißiger mit stark wucherndem Kinnbart und stumpfen Augen; ohne eigene Stimme, außer seinem werten Namen bekommt er kaum ein Wort heraus, seinem Meister offenbar still ergeben.

Was für ein Gespann.

Brustkorb, Becken, rechter Arm und linker Oberschenkel des Opfers. Der Kopf.

Gespenstischer Anblick, wie alles säuberlich getrennt nebeneinander auf dem Tische lag (ich bestand gegen Protest darauf, die Teile herauszunehmen).

Ich konzentrierte mich auf das Wesentliche, und das war offensichtlich, wenn man zerschnittene Leichenteile sonst kennt. Es war die Präzision der Schnitte, die vor allem anderen auffiel.

»Nicht wahr, beeindruckend, Herr Inspektor?«

»In der Tat, Herr Doktor, sieht mir ganz nach einer professionellen Hand aus.«

Beide nickten, der alte und der junge Arzt.

»Doktor Arthur Müller, er war an der ersten Begutachtung beteiligt, hat im Übrigen eine spezifische Meinung zu der von uns beschriebenen Blutleere aller Körperteile.«

Doktor Arthur … Seltsam, wie der Alte die Profession seines Filius' ins Feld führte, als handelte es sich um irgendeinen fremden Kollegen.

»Er denkt, Doktor Müller, nicht wahr, es könnte

sich um einen Schächtschnitt handeln. Sie wissen, ein besonderer Schnitt durch die Gefäße, mit dem die jüdischen Schlachter besonders viel Blut in kurzer Zeit entleeren und auffangen wollen.«

»Woher kennt Ihr Sohn diese besondere Form der Schächtung, Doktor, dass er sogleich darauf kommt? Ich nehme nicht an, dass Ihre Familie jüdisch ist und daher selbst über solche Kenntnisse verfügt.«

»Bewahre.«

»Und zweitens, woher will Doktor Müller junior so bestimmt wissen, dass die Blutleere Zweck der Mordtat und nicht ihre Folge war? Denn ein Schächtschnitt würde immerhin eine bestimmte Absicht voraussetzen.«

Vorausgesetzt, man glaubt an das alte Ammenmärchen.

»Nun, das müssen Sie ihn schon selbst fragen, Herr Inspektor.«

Er drehte bereits halb ab, es war nicht seine Sache, dieser Ritualmordvorwurf gegen die Juden, sondern die des Juniors. Werde mich nach der Qualifikation der beiden Müllers (Bläske spielt offensichtlich keine Rolle) erkundigen müssen.

So viel wurde mir indessen klar: Um die Leiche in dieser Weise fachmännisch zu zerstückeln, brauchte es mehr als ein scharfes Messer. Es brauchte das Wissen, wo und wie man ansetzen musste, um Muskeln und Sehnen des Körpers am leichtesten zu trennen. Ein Schlachter selbstverständlich kam infrage, das war Settegasts erster Verdacht gewesen, und nicht mal falsch.

Kleiner boshafter Gedanke: Auch ein Chirurg wäre denkbar. Ebenso ein medizinischer Laie, der sich entsprechende Kenntnisse in irgendeiner Weise erworben hatte. Was den infrage kommenden Personenkreis leider erheblich erweitert.

Aber das Ganze nicht von hinten aufzäumen. Von vorne beginnen, mit dem Motiv. Wer hatte *Grund*, den jungen Burschen umzubringen? Dann der Tatort. Unter welchen Umständen geschah es, wann genau und wo?

Erst an dritter Stelle die Frage, wie wurden die Leichenteile entsorgt? Und wo sind die restlichen Stücke? Denn dass sie sich quasi noch im Besitz des Täters befinden, kann wohl ausgeschlossen werden, kein Mörder würde ein solches Risiko eingehen. Andererseits war hier kein gewöhnlicher Mörder am Werk …

Übrigens schreibe ich dies nach dem Abendessen (saurer Kartoffelsalat und Blutwurst, ausgerechnet) auf meinem Zimmer, mit Blick auf den Marktplatz, der unten im letzten Dämmerlicht des Tages liegt. Die schimmlige Wolkendecke ist inzwischen aufgerissen, im sich zeigenden Himmelsloch die sterbende Abendsonne als blutrote Lache.

Du siehst, aus mir wird noch ein Poet auf meine alten Tage.

Das macht die Blutwurst, würdest du sagen. Nein?

Unappetitlich außer dem Essen auch eine sich anschließende Szene im Speiseraum unten, als ich am Ende noch beim Bier saß. Drei Herren luden sich zu mir ein, drückten ihre »Freude« darüber aus, dass ich gekommen sei, um den Fall nun endlich zu klären.

Das Trio – zwei Lehrer, ein Zahntechniker – stellte sich zugleich als Speerspitze und Abordnung eines frisch gegründeten ›Überwachungskomitees‹ vor. Es habe gebildet werden müssen, nachdem die Behörden, zuletzt vor allem Wehn, so kläglich versagt hätten.

Ihr Wortführer ein gewisser Hofrichter, Lehrer Ernst Winters (vermute Griechisch, Latein) mit einer recht knorrigen Gestalt und einer Stahlbrille, deren Gläser ihm fast die Lider eindrücken, so dicht und fest klemmt sie auf seiner Nasenwurzel.

»Die Tatsachen liegen doch klar auf der Hand, Herr Kommissar.«

»Inspektor, bitte.«

»Verzeihung: Inspektor. Bedenken Sie doch: Der Fundort gleich neben der Synagoge, der jüdische Schächtschnitt, das Haus des Schlachters Lewy, keine dreißig Schritt davon entfernt – was zum Teufel fehlt denn noch, damit die Polizei die Schuldigen endlich aufs Schafott schickt, wo sie hingehören. Nicht wahr?«

Für einen Gymnasialprofessor führt er eine recht derbe Zunge im Maul spazieren.

»Wissen Sie, Herr Hofrichter, aus der Sicht des Kriminalers sieht sich die Lage nicht gar so eindeutig an wie für Sie als Laien.«

»Ach, und wie sieht die Lage für Sie als Kriminaler denn aus, Herr Inspektor?«

»Die Einzelheiten werde ich Ihnen nicht nennen. Aber bedenken Sie nur mal, dass es aus der Sicht eines Täters grundsätzlich eher ein Risiko darstellt, die Leiche ganz in der Nähe des Tatorts abzulegen, wenn er selbst dort wohnt. Rückschlüsse, wie Sie sie jetzt ziehen, wären vorhersehbar.«

»Mag sein. Aber wenn Sie sich in Konitz auskennen würden, dann wüssten Sie längst, dass es keine andere Möglichkeit gab, als die Leiche in der Nähe des Ortes zu deponieren, wo man ihn auch gemeuchelt hat. Sie können durch unsere schöne, aber kleine Stadt mit einer Leiche im Sack nicht mal nächtens durch die Straßen schleichen, ohne Gefahr zu laufen, dabei von einem späten Heimkehrer oder gar vom Nachtwächter gesehen und *erkannt* zu werden.«

In diesem Punkt mochte er durchaus recht haben, die örtlichen Gegebenheiten spielen oft eine entscheidende Rolle, ich werde sie mir genauestens ansehen müssen.

Ich war das Trio dennoch leid, stand auf und wünschte noch eine gute Nacht.

Auf dem Weg zur Treppe musste ich den nächsten Ansturm abwehren, diesmal durch einen kleinen klapperdürren Mann mit buschigem Kinnbart und frechen Augen, einen gewissen Bruhn, der sich als Korrespondent der Staatsbürger-Zeitung auswies und um ein Gespräch mit mir bat. Jetzt oder später. Er wohne ebenfalls in Kühns Hotel.

Auch das noch.

»Keine Auskünfte an die Presse, mein Herr, grundsätzlich nicht. Nicht von mir. Fragen Sie mich also kein zweites Mal. Guten Abend.«

Sein verdutztes, dann schnell verärgertes Gesicht blieb auf der untersten Stufe des Treppenaufgangs zurück, und ich eilte auf mein Zimmer.

Endlich allein.

Dass du die Leute gemieden hast, Meinlieb, Begegnungen jeder Art, es war mir nicht aufgefallen. Erst als du abmagertest immer mehr. Und immer öfter, dass ich mich sagen hörte: Warum isst du denn nichts, Trud? Wirst noch dünn wie ein Strich. Himmel, das war alles, was mir dazu einfiel! Aber du, ganz sanft: Ich will nur meine Ruhe, Johann. Ist mir wichtiger als alles andere. Wie menschenscheu, ja weltscheu du geworden warst … begreif ich erst jetzt.

19. Mai, Sonnabend, die Ereignisse überschlagen sich. Am Mittwoch war ich im Stadtwald, ein Spaziergang von gut zwanzig Minuten durch eine schöne Erlenallee, die durch flache Heidelandschaft führt. Das reizlose scheunenartige Vereinshaus der Schützengilde mit

bescheidener Restauration stößt an einen Acker, in dessen Begrenzungsgraben Winters Kopf gefunden worden war.

Keine Erkenntnisse, außer dass dieser doch recht fade Vergnügungsort der Konitzer schon wegen der Entfernung zum Mönchsee als Tatort ausscheidet. Es wäre viel einfacher gewesen, die Leiche an Ort und Stelle zu vergraben.

Einen Tag später – wie zum Hohn auf meinen Besuch – finden die zwei Kinder der Restaurationsleute beim Spielen hinterm Haus die Jacke und die Weste des Opfers, nahezu an der Stelle wie damals den Kopf.

Noch am selben Vormittag macht auch der Hausmeister der Freimaurerloge einen Fund. Im Vorgarten des Gebäudes, das am Mönchsee, gleich hinter der Synagoge gelegen ist, entdeckt er ein Paar dunkelblauer Wollhosen zwischen den Rabatten. Und gestern, Freitag früh, finden zwei Schulmädchen einen schwarzen Mantel, achtlos über den niedrigen Zaun des Schulgeländes geworfen. Nachdem sie eine Weile damit gespielt haben – als ›Kaisermantel‹ – melden sie ihren Fund der Schulleitung. Bäcker Lange, Winters Wohnungswirt, erkannte den Mantel sofort als Ernst Winters Webpelz.

Ich ließ die Sachen sicherstellen und untersuchte sie. Auf Jacke und Weste, knapp unterhalb der linken Tasche, finden sich helle Flecken. Ebenso an der Außenseite der Hose, nahe dem Hosenschlitz. Auf allen Kleidungsstücken zudem großflächigere dunkle Flecken, besonders auf der Jacke.

Die Stadt seitdem in heller Aufregung. Überall in den Straßen zusammenstehende Gruppen mit empörten, finsteren Gesichtern, die nichts Gutes verheißen.

Bürgermeister und Staatsanwalt Bericht erstattet.

»Meine Herren, ohne letzte Gewähr zwar, aber doch mit der Erfahrung meiner Dienstjahre, scheint mir Folgendes der Fall zu sein: Auf Jacke, Weste und Hose befinden sich sowohl Spuren von Blut als auch von Sperma.«

Deditius fuhr geradezu erschrocken auf.

»Sperma …?«

Settegast blickte mich indessen herausfordernd an.

»Nun und, Inspektor?«

»Das, Herr Staatsanwalt, wäre nur schwer vereinbar mit der These vom Ritualmord, wie Sie zugeben müssen.«

»Ich denke, Sie vergreifen sich denn doch im Ton, Inspektor. Ich verbitte mir das!«

»Verzeihung. Es ging mir nur um den Sachverhalt.«

Das heißt, nicht ganz, wie du dir wohl denken kannst …

Ich wandte mich an den Bürgermeister, der hinter seinem mächtigen Eichenschreibtisch Platz genommen hatte und immer unglücklicher aussah angesichts unserer Zänkereien. Ich nannte klipp und klar meine Forderungen.

»Ich verlange erstens, dass die Leichenteile erneut forensisch untersucht werden. Diesmal von Spezialisten. Ich fordere Puppe aus Berlin an (Professor Puppe, der Forensiker, du hast seinen Namen oftmals von mir gehört, richtig?). Ferner zur Untersuchung der Kleidung fordere ich einen Fachmann von der königlich-preußischen Medizinaldeputation. Oder von mir aus auch vom Danziger Medizinalkollegium.«

Der Bürgermeister schloss die Augen und nickte zustimmend.

Der Staatsanwalt zeigte sich zwar ebenfalls einverstanden, ihm schien aber die ganze Richtung nicht zu passen.

»Schön und gut, Braun, was bedeutet es nun aber, vorausgesetzt, Sie behalten recht damit, dass es sich um Blut und Spermaflecken auf den Sachen handelt?«

»Winter, das wissen wir, Herr Staatsanwalt, war so eine Art Galan. Jedenfalls verstand er sich so. Wir dürfen also annehmen, dass er, um die Damenwelt zu beeindrucken, nicht schon in einem derart beschmutzten Anzug gekleidet zu seinem Sonntagsspaziergang durch die Stadt aufgebrochen wäre. Zumal dies seinen Wirtsleuten, die offenbar durchaus ein Auge auf ihn hatten, mit Sicherheit aufgefallen wäre. Spermaflecken an der Kleidung können daher nur bedeuten, dass der junge Mann unmittelbar vor seinem Tod Geschlechtsverkehr hatte.«

Der Bürgermeister blickte mich ungläubig an.

»Sie meinen, er wurde nicht nur in flagranti, sondern gewissermaßen in actu überrascht?«

Ich zuckte die Achseln.

Settegast schüttelte angewidert den Kopf, um meine Annahme zu kommentieren.

»Im vollständig bekleideten Zustand? Noch in Jacke und Hose?«

»So ist es, Herr Staatsanwalt. Vielleicht sollte es – oder musste es – schnell gehen. Erzwungen durch die äußeren Umstände, von denen ich mir derzeit aber noch kein Bild machen kann.«

Settegast setzte eine süßsaure Miene auf und warf dem Bürgermeister einen entsprechenden Blick zu.

»Klingt, als wäre einer unserer Anfangsverdachte, dass es ihn im Zuhältermilieu erwischt hat, nicht gar so dumm gewesen.«

Deditius ging nicht darauf ein.

»Er wurde wirklich mitten im Verkehre gestört und ermordet, Herr Braun?«

»Ich würde sogar sagen, *nach* dem eben erst vollendeten Verkehr, Herr Bürgermeister. Ob es sich dabei – juristisch – um Mord, etwa um ihn zu berauben, handelte, sei noch hintangestellt. Es könnte sich unter solch dramatischen Umständen ebenso gut um eine Tat im Affekt gehandelt haben.«

»Woran denken Sie, Braun? Machen Sie's nicht so spannend.«

(Settegast natürlich.)

»Eifersucht. Überschäumende Wut. Derartiges.«

»Aber einen Raubmord schließen Sie ebenso wenig aus?«

»Nein, Herr Bürgermeister, gegenwärtig kann ich nichts ausschließen.«

Settegast zog die Brauen hoch und stöhnte herablassend.

Ich hob schützend die Hände.

»Meine Herren, die Voraussetzung für alle weiteren Schritte sind erst einmal die genauen forensischen und gerichtschemischen Untersuchungen.«

Der Staatsanwalt verzog sein Gesicht zu einer seltsamen Grimasse, die ich als eine Art vorauseilende Schadenfreude empfand.

»Nun gut, Braun, anschließend aber sorgen Sie schleunigst dafür, dass die Täter gefasst werden. Das schamlose Zurschaustellen der Körperteile, jetzt auch der Sachen des Toten, hat etwas Prostitutives, Obszönes und nicht zuletzt Verhöhnendes. Es zersetzt den Glauben an die öffentliche Ordnung!«

Damit verließ er unvermittelt den Raum.

Das war mir ganz recht, ich nutzte die Gelegenheit, was ich schon mehrfach hatte tun wollen, um mit Deditius über die Herren vom ›Überwachungskomitee‹ zu sprechen, die mir vor ein paar Tagen das Bier versalzen hatten. Die drei treffen sich regelmäßig im Schankraum von Kühns Hotel und bekommen zusätzlich Gesellschaft durch verschiedene Personen, die mal zwielichtigen, mal ganz gediegenen Eindruck machen.

»Hofrichter, Thiel und Meibauer, Herr Bürgermeister, was sind das für Männer? Was treibt dieser ominöse Überwachungsverein genau?«

Deditius' graues Gesicht nahm noch mehr als ohnehin schon einen leidenden Ausdruck an.

»Das Komitee stiftet nichts als Verwirrung, hat sich zuletzt, bevor Sie kamen, wie ein Untersuchungsgericht gebärdet. Angebliche Zeugen ausfindig gemacht, sie befragt –«

»Und der Staatsbürger-Zeitung zugespielt, vermute ich.«

»Woher wissen Sie?«

Ich berichtete ihm von dem Journalisten Bruhn, der in Kühns Hotel, ihrem und seinem Hauptquartier, um das Trio herumscharwenzelt.

»Bruhn, noch so eine Plage.«

»Hofrichter, um mit ihm anzufangen, was ist das für einer?«

»Hofrichter ist Lehrer am Gymnasium. Man nennt ihn dort Wurzelsepp, nebenbei. Keiner nimmt ihn ernst, nicht mal die Schulbehörde, sprechen Sie mal mit Dr. Rohde, dem Schulinspektor, über ihn, er weiß ein Lied zu singen von Adolf Hofrichter.«

»Ein Wichtigtuer?«

»Im Grunde ist er bloß wütend, weil man ihm seit Jahren den Professorentitel verweigert. Bombardiert uns stattdessen Monat für Monat mit kleinlichen Eingaben und Beschwerden. Und Beleidigungen. Schweinehunde ist noch die freundlichste Version davon. Ersparen Sie mir weitere.«

Ich verstand. Das Komitee war also eine willkommene Gelegenheit für Hofrichter, sich und seine verkannten Kompetenzen in Konitz vor aller Augen in Erinnerung zu bringen.

»Und Lehrer Thiel?«

Deditius stieß einen Seufzer durch die Nase und schüttelte den Kopf.

»Nicht ganz richtig im Kopf, wenn Sie mich fragen. Vielleicht ist er krank.«

»Im Kopf, meinen Sie?«

Er lachte.

Dabei war die Frage ernst gemeint. Immerhin könnte auch der Mörder Ernst Winters geistig gestört sein – auf der anderen Seite aber teuflisch schlau. Etwa, indem er sich als kriminalistischer Aufklärer an vorderster Front einen Namen macht, als scheinbar perfekte Tarnung.

Deditius wurde wieder todernst.

»Thiel unterrichtet Leibesübungen und Geografie. Wie er das macht, ich weiß es nicht. Ist Ihnen sein kalkbleiches Gesicht aufgefallen? Wie tot. Ich bleibe dabei, der Mann ist krank und gehört ins Spital, nicht in die Schule.«

»Was ist mit Meibauer? Zahntechniker, wenn ich mich recht entsinne.«

Sein Gesicht wurde hart.

»Ein ganz anderer Fall. Max Meibauer ist der Sohn von Rudolf Meibauer. Der alte Herr ist Jurist, Landtagsabgeordneter, Meister in unserer Freimaurerloge.«

»Gehören Sie auch dazu?«

»Nein, nein.«

Er schüttelte sich wie ein Hund nach dem Regen.

»Meibauer junior hat sein Medizinexamen irgendwo im Ausland gemacht. Ungarn. Behauptet er jedenfalls. Vorher soll er im Reich durch alle Examina gefallen sein, die zur Verfügung standen. Behaupten andere. Trotz des Ungarnzertifikats durfte er sich hierzulande nicht Zahnarzt nennen, dabei hatte der Vater ihm bereits eine Praxis eingerichtet. Nun praktiziert er als Zahntechniker, ebenfalls vom alten Meibauer vorfinanziert.«

Der junge Meibauer, war Deditius überzeugt, suche bloß fieberhaft eine Chance, um vor der Öffentlichkeit aus dem Schatten des Alten herauszutreten. Nun finde er sie in seiner neuen Rolle als aktives Mitglied im Überwachungskomitee.

»Unsere Stadt ist klein, der Sohn des Abgeordneten steht seit Kindesbeinen auf dem Präsentierteller. Da will man erst recht nicht als Versager oder als ewiger Protegé des Vaters dastehen. – Ganz Ähnliches gilt übrigens auch für Müller junior.«

»Dachte ich's mir doch.«

»Der Vater, wie Sie wissen, Kreisphysikus und übrigens ein Liberaler wie ich. Aber Arthur, der Sohn … Sein Vater hatte die Hoffnung zwischenzeitlich wohl schon aufgegeben, dass sein Filius das lange, lange Medizinstudium in Königsberg noch mit einem Staatsexamen abschließen würde. Was dann erst vor einigen

Jahren der Fall war. Infolgedessen praktiziert er noch nicht lange.«

Und hat vermutlich von forensischer Medizin nicht die geringste Ahnung.

»Ich bin also mehr als einverstanden, dass Sie nun weitere vielmehr wirkliche Experten hinzuziehen, Herr Braun.«

Aber er machte ein Gesicht, als könne das ebenso wenig wie alles andere dabei helfen, den Mord aufzuklären.

Mein Entschluss, in Kühns Hotel zu bleiben, steht nun fest. Die Aktivitäten dieses Komitees der Versager will ich im Blick haben, es könnte noch viel Schaden anrichten.

Am späten Nachmittag heute dann ein weiterer Schock für die Stadt. Zwei Arbeiter fanden beim Leeren der Abortgrube der städtischen Mädchenschule den rechten Oberschenkel und die noch fehlenden Unterschenkel sowie den rechten Fuß des Opfers. Kluge Männer, die nicht gleich Geschrei machten, sondern unaufgeregt die Polizei benachrichtigten.

Ich war sogleich vor Ort. Unbeschreiblicher Gestank der freiliegenden Örtlichkeit. Moderater Verwesungszustand der Leichenteile (milieubedingt?). Ich ließ sie zur Pathologie befördern und nahm sie (gestört von Müller senior) in Augenschein. Aufschlussreich.

Die Wirtshäuser am Markt wie anscheinend überall in der Stadt voller wütender Männer, die sämtliche Juden im Ort an den Laternen baumeln sehen wollen. So Deditius, mit dem ich mich erneut traf, um die Lage zu besprechen.

Auch Settegast traf kurz danach wieder im Rathaus ein. Mit rudernden Armen.

»Ist Ihnen klar, was in der Stadt los ist, Inspektor? Der Pöbel tobt, die Bürger sind bis zum Äußersten erbittert über die neuen Funde.«

Ich konterte mit einer Gegenfrage.

»Haben *Sie* sich einmal die gefundenen Leichenteile angesehen, Herr Staatsanwalt?«

»Na hören Sie, ich war dabei, als sie gefunden wurden! Jedenfalls Rumpf und Becken.«

»Mir geht es um die Extremitäten, Herr Staatsanwalt, was wir davon bisher haben, den rechten Arm mitsamt der Hand, Beine, rechter Fuß. Konnten Sie daran irgendwelche Spuren von Gewalt entdecken? Ich nicht. Das aber müsste der Fall sein, wenn Winter – immerhin ein großer, sehr kräftiger junger Mann – von mehreren Personen gewaltsam gehalten worden wäre, um ihm den Hals aufzuschneiden und das Blut auslaufen zu lassen.«

Absurde Vorstellung.

Settegast kniff die Brauen zusammen.

»Mag sein. Aber die neuen Funde müssen doch wohl ebenfalls erst forensisch untersucht werden, dann erst lässt sich mehr sagen. Meinen Sie nicht, Inspektor?«

»Selbstverständlich.«

Settegast wandte sich an den Bürgermeister.

»Aber gleich nach der Obduktion, Deditius, muss die Leiche zur Beerdigung freigegeben werden. Die Eltern Winter hoffen darauf, und die Konitzer verlangen es, da nun beinahe alle Körperteile der Leiche beieinander sind.«

Deditius erbleichte.

»Was denn, soll der Leichnam etwa hier in Konitz bestattet werden? Nicht in Prechlau?«

»Die Eltern wünschen es so, Herr Bürgermeister. Ich weiß es vom Pfarrer.«

In dem Fall werde er versuchen, Pfarrer Hammer dazu zu bewegen, die Trauerfeier an einem Wochentag durchzuführen, sagte Deditius. Nicht an einem Samstag oder Sonntag, wo sich womöglich unkontrollierbare Massen durch die Straßen wälzten, wenn die Prozession von der Kirche zum Friedhof führe.

In äußerst bedrückter Stimmung auseinander.

Vorhin plötzlich aufgewacht, viertel drei, sagt der Wecker, mitten in der Nacht. Frieren und seltsames Schütteln am ganzen Körper. Oder eher ein Vibrieren, tief drinnen, als hätten selbst meine Eingeweide angefangen zu schlottern. Um die Brust ein Eisenreif.

Im Kopf fuhren deine Worte Karussell: ›Es drückt mich aus mir heraus, Johann, bald bin ich ganz leer.‹

Ich verstand das nicht.

Was denn drückt dich, Trud?

›Meine Natur.‹

Ich nahm dich und dachte, es wäre das, was du brauchtest …

Ich verstand nichts.

Draußen in der Dunkelheit zwischen den Häusern lauert der Nebel wie ein Feind, der sich im Moor versteckt hält.

Vertrage das Klima nicht, schlägt mir aufs Gemüt, greift die Nerven an.

Ein verfluchter Ort.

Du hättest deine Stimme verloren, sagtest du.

Ich drauf, weißt du noch: Aber so nimm doch wieder Unterricht, Trud!

Dein halb lachendes, halb weinendes Gesicht.

Du meintest diese *unhörbare* Stimme in dir, richtig? Die Stimme, die kein Mensch sonst hören kann.

Jetzt, hier, wo ich mir fremd vorkomme wie auf einem anderen Kontinent, verstehe ich ohne Weiteres.

Zu spät für alles.

Kann nicht mehr einschlafen.

Auf einmal der Gedanke, hartnäckig pochend: Du übersiehst etwas, Braun.

Ich übersehe wohl seit Langem die wichtigen Dinge. Das Naheliegende.

Auch hier, in diesem Fall? Was?

Brauche dringend einen Assistenten. Wehn muss kommen, schnell.

Morgen telegrafieren – heute noch.

Erneut am Fundort der ersten Leichenteile gewesen, am Sonntag. Faulige Brise vom See her, tief hängender Maihimmel, Wolken wie aus grauer Schafswolle.

Die Leute schleichen am Ufer vorbei wie an einem Friedhof, nur ein paar Jungen balgen um einen Reifen. Ging diesmal den leicht ansteigenden Weg östlich der Holzschuppen nach Norden. Von dort sieht man, dass ein Teil des Geländes jenseits der Rähmestraße, die zum Wasser führt, als Müllabladeplatz gebraucht wird, rostende Eisenteile, Bauschutt, Glas, Hausrat, Unrat.

Es wundert mich, dass der Bürgermeister dem noch keinen Riegel vorgeschoben hat. Später fragte ich ihn danach. Man bemühe sich Tag und Nacht, derlei zu unterbinden, aber es sei nahezu zwecklos, kaum gesäubert, sei der Platz bereits wieder verdreckt und voller Müll.

»Und über eine städtische Müllbeseitigung verfügen wir noch nicht. Leider. Ein Projekt der Zukunft.«

Die Sache gibt mir aus einem anderen Grund zu denken: Eine Person, die sich, zu welcher Stunde auch immer, zum See hinunterschlich, mit einem Sack unterm Arm oder auf dem Rücken, musste rückblickend keineswegs gleich als Ernst Winters Mörder angesehen werden! Sondern konnte sehr wohl für jemanden gelten, der bei der Rähme bloß unerlaubt seinen Müll abladen wollte wie so viele andere. Dieser Umstand lässt das Risiko des Mörders, enttarnt zu werden, deutlich geringer erscheinen, als ich ursprünglich angenommen hatte.

Jetzt schon die halbe Woche krank zu Bett gelegen, seltsames Brennen in Magen und Darm. Kein Appetit. Die Stadt seit zwei Tagen unter einer unerträglichen Hitzeglocke. Das im Mai?

Nachricht aus Berlin, dass Wehn nicht vor Juni abkömmlich sei. So werde ich mich weiter auch um den Kleinkram kümmern müssen. Eine Zumutung!

Seit gestern, Donnerstag, aber wieder wohler.

Mit Prof. Puppe gesprochen vor seiner Rückreise nach Berlin. Er schüttelte nur den kleinen dünnen (aber schlauen) Glatzkopf über die Befunde der Konitzer Kollegen.

»Zunächst die Blutleere. Die Leichenteile hatten zwei Tage im Wasser gelegen, bevor sie gefunden wurden. Jedes Kind sollte wissen, dass ihnen dadurch das Blut weitgehend entzogen worden ist, wie viel auch immer sich vorher in den Gefäßen noch befunden haben mag.«

»Ein Artefakt also?«

»Nein. Der blanke Dilettantismus. Im Übrigen kann Blutleere auch durch inneres Verbluten entstehen, etwa durch eine Verletzung der Lebergefäße. Infolge eines Schlages oder Tritts zum Beispiel.«

»Kein Hinweis also auf einen Schächtschnitt, Sie wissen schon?«

»Aber! Unsinn, auf der Haut im Bereich der Kehle keinerlei blutunterlaufene Stellen. Das Opfer wurde mit Sicherheit nicht durch einen Schnitt durch den Hals getötet. Dieser Schnitt erfolgte post mortem, um die Leiche zu zergliedern.«

»Wie dann wurde er umgebracht? Haben Sie Anhaltspunkte dafür, Professor?«

»Das Lungengewebe und auch das Gesicht weisen Petechien auf. Etwas, das für den Fachmann nun wirklich nicht zu übersehen war und ist.«

»Verzeihung, Professor: Petechien?«

Er erklärte mir, dass es sich dabei um winzige rotbraune Flecken handelte, die er vor allem auf der Lungenoberfläche entdeckt habe.

»Die Herzklappen, die inneren Wände der Arterien und die Venen des Oberschenkels waren ebenfalls braunrot. Solche Petechien sind ein deutliches Zeichen für einen Sauerstoffmangel. Sie verstehen?«

Selbstverständlich verstand ich.

»Sie meinen, er wurde erwürgt, erdrosselt? – Nein, in dem Fall hätten sich entsprechende Spuren an der Leiche zeigen müssen. Er wurde also erstickt?«

»Richtig, Inspektor. Er wurde erstickt. Wie, das müssen Sie herausfinden.«

Er musterte mich plötzlich auf seine etwas seltsame, vogelige Art.

»Sie sehen nicht gut aus, Inspektor. Ist Ihnen nicht wohl? Brauchen Sie ein Mittel? Ich kann …«

»Nein danke, Professor. Nur das verfluchte

Klima hier oben. Unnatürliche Hitze. Bekommt mir nicht.«

Ich begleitete ihn hinaus, bis zu der vor dem Rathaus wartenden Kutsche.

»Vielen Dank, Herr Professor. Der Befund wird die Lage beruhigen. Gute Reise.«

»Viel Erfolg, Braun. Und schleunigst zurück mit Ihnen nach Berlin! Die Hauptstadt braucht Sie wieder. Gute Besserung!«

Mittlerweile auch schriftlich das Ergebnis von Dr. Bischoff, Gerichtschemiker aus Danzig. Kauderwelsch. »Positiver Nachweis von Spermien nach Maceration mittels 20-prozent. Formalin und Einfärbung. Typische Zeichnung der Spermienköpfe, die Kopfkappe schwach, das Kopfende bis zum Halsteil dunkler, das Schwanzbruchstück wieder heller gefärbt.« Etc.

Bei den dunklen Flecken auf Jacke, Weste und Hose handelt es sich nach Bischoff eindeutig um Blut – und zwar um bereits geronnenes Blut! Gleiches gilt für das beim Kopf im Graben gefundene, in vier Teile gerissene Damentaschentuch mit der Initiale ›A‹. Bei einem der dunklen Flecken darauf handle es sich ohne Zweifel um geronnenes Blut, auf einem der anderen Fetzen mit großer Wahrscheinlichkeit.

Konfrontierte den Staatsanwalt mit den Ergebnissen und unterdrückte dabei nicht mein Gefühl des Triumphs.

»Ernst Winter ist nicht durch einen Schächtschnitt

ums Leben gekommen. Das Opfer wurde erstickt. Mittels eines Kissens zum Beispiel, in das hinein sein Gesicht gedrückt, oder mit einem Tuch, Schal oder einem anderen Kleidungsstück, das ihm auf Mund und Nase gepresst wurde. Sein Blut sprudelte also nicht bei lebendigem Leib wie eine Springquelle aus dem Hals, sondern verschmierte die Kleidung an den beschriebenen Stellen, nachdem es bereits geronnen war. Ernst Winter war folglich tot, als man ihm den Kopf abschnitt.«

»Erstickt. So. Und derlei kann Ihr Puppe mit letzter Sicherheit feststellen, Inspektor?«

Settegast wirkte – oder tat – noch immer nicht überzeugt. Ein äußerst verstockter Mensch. (Oder wie du wohl sagen würdest: schlechter Verlierer.)

»Da auch Sperma eindeutig nachgewiesen wurde, Sie können Bischoffs Bericht gerne lesen, Herr Staatsanwalt, fragt sich also, mit wem hatte Ernst Winter in seiner letzten Stunde – *buchstäblich* in seiner letzten Stunde – geschlechtlichen Kontakt? Und von wem und warum wurde er in dieser Lage ermordet?«

Ich weiß, ich wäre dazu fähig gewesen, Trud.

Einen Mord zu begehen, wenn ich dich mit einem anderen …

Ich spreche natürlich von Scheidt.

Ja, ich wusste von ihm. Von euch. Dass du dich mit ihm trafst. (Warst mit einem Kriminaler verheiratet, Meinlieb!)

Ich habe gelitten wie ein Hund, seitdem ich es wusste. Von Hartmann, er hat dich mit ihm gesehen, im Bauer, denn es musste ja im Bauer sein, wo alle Welt euch zuschauen konnte! Wo aber um die Ecke auch die Halbwelt lungert, und deshalb war er dort, nur deshalb, nicht dass ich dich hätte beschatten lassen. Obwohl mir später der Gedanke durchaus kam …

Scheidt, ein Mann vom Theater natürlich! Vom ›richtigen Theater‹. Ich kam mir vor wie ein Dieb. Als hätte ich dich von der Bühne gestohlen, wie eine Reliquie aus einem Schrein. Und Scheidt würde dich nun aus meinen Klauen befreien.

Verfluchtes Theater.

Und du ahntest nicht einmal, dass ich von ihm wusste? Mich schadlos hielt, im Tingeltangel, bei den Zirkusmädchen? Nein, hielt mich nicht schadlos, es machte mich *krank* …

Ich hätte ihn totschlagen mögen!

Aber nicht seinetwegen begann dein Abschied, dein allmähliches Verschwinden aus meinem Leben. Es war meinetwegen natürlich … weil ich dich nicht *erkannt* habe in deinen Tiefen.

Aber du hast auch mich nicht gekannt. In meinen Untiefen.

Heute erkenne ich mich selbst nicht mehr.

Und das liegt einmal nicht an Konitz, den nebelhaften Verhältnissen in dieser Ödnis.

Selma Tuchler, Meta Caspari und Anna Hoffmann. Drei Mädchen aus gutem Haus, zwei davon, Tuchler und Caspari, jüdisch. Winter soll allen dreien den Hof gemacht haben.

Schon der Bürgermeister hatte mit ihnen gesprochen. »Ich konnte beileibe nichts Verdächtiges feststellen, Herr Braun. Anständige Mädchen, die keinen … solchen Umgang mit jungen Burschen pflegen.«

»Eben weil sie anständige Mädchen sind, würden sie es niemals zugeben, wenn es doch so wäre, Herr Bürgermeister. Und es geht mir auch nicht um die Mädchen, um moralische Verfehlungen oder was dafür gehalten wird. Es geht mir allein um ein mögliches Motiv für den Mord an Ernst Winter, für den diese Mädchen womöglich Ursache waren. Schuldlos natürlich.«

Ließ mich für den Vormittag bei der Schule, Winters Gymnasium, vormelden und wurde dort an einen Professor Prätorius verwiesen. Gewissermaßen die moralische Autorität der Schule, der Name wie geschaffen für einen alten Lateiner. Doch Prätorius unterrichtet Mathematik. Ein großer, schwergewichtiger Mann, was offenbar auch im übertragenen Sinn gilt. Genießt Ansehen und Respekt, laut Bürgermeister. Angeblich Liberaler.

Prätorius empfing mich vor dem Lehrerzimmer und führte mich dann in einen zur Stunde gerade unbenutzten Klassenraum. Der Lehrer hat auch Winter unterrichtet, scheint sehr unter dem Verlust zu leiden.

»Kein Genie in Mathematik, das nicht, aber charakterlich war Ernst Winter geradezu vorbildlich.«

»Inwiefern, Herr Professor?«

»Hilfsbereit im Wesen, kameradschaftlich, kein Rabauke, ein ruhiger, anständiger Charakter, zu dem die Jüngeren aufschauten.«

»Verstehe.«

Winter, hieß das, genoss Respekt unter seinen Mitschülern, aber beliebt war er deshalb noch lange nicht.

»Ernst Winter war erst achtzehn, Herr Professor. Ein gesunder junger Mann mit entsprechenden Bedürfnissen, meinen Sie nicht auch?«

»Sie spielen auf Winters Verhältnis zum weiblichen Geschlecht an?«

»Ist Ihnen irgendetwas aufgefallen?«

»Nichts Ungewöhnliches, nein. Ich weiß natürlich – alle Kollegen wissen es –, ein Teil unserer Schüler, besonders die frühreifen, suchen gewisse Kontakte.«

»Und Winter?«

Wenn einer als frühreif gelten konnte, dann offenbar doch dieser kräftige, große Junge.

Er zuckte die Achseln.

»Nun, ich habe immer mal wieder, ganz im Allgemeinen, meine Schüler dazu angehalten, nicht auf der Danziger Straße oder am Markt wie die Gockel herumzustolzieren. Das erregt Anstoß und schadet dem Ruf des Gymnasiums. Aber die Jugend, Sie wissen ja …«

Ich wusste. Und bat ihn nun, mir nacheinander unter einem Vorwand Meta Caspari, Selma Tuchler und Anna Hoffmann aus den Mädchenklassen in den Raum zu schicken.

Reizende Backfische, jedoch verstört und verängstigt kamen sie nacheinander herein, jede ahnte bereits, dass es wieder um ihr Verhältnis zu Ernst Winter ging.

Der erste Protest war bei allen fast wörtlich gleich.

»Aber der Bürgermeister hat doch schon …«

Mehr oder weniger der gleiche Tenor bei den dreien: Natürlich kannten sie den Ernst. Von der Schule her. Vom Tanzkursus. Auch trafen sie sich mal in der Stadt – zufällig, darauf bestanden sie. Am Sonntag in der Danziger Straße oder im Schützenhaus, am Mönchsee.

Am misstrauischsten erschien mir Anna Hoffmann, die Tochter des Fleischers. Sechzehn Jahre alt, schlankes, voll entwickeltes blondes Mädchen, aufgeweckt, aber vorsichtig jedes Wort abwägend, das sie äußert. Weiß nicht recht, was ich davon halten soll.

Können die drei Grazien – sollten sie doch mit Winter mehr als nur poussiert haben – können sie jemand anderem Anlass zur Eifersucht, zur Rache gegeben haben? Einem Verehrer? Neidvollen Mitschülern? Dem Vater? Jemandem, der sie mit Winter überrascht hat, der allein oder mit anderen über ihn hergefallen ist und ihn schließlich im heftigsten Affekt oder mit kalter Wut getötet hat?

Anschließend Besuch in der Bäckerei Lange am Marktplatz, keine fünfzig Schritte vom Gymnasium entfernt.

Man rief erschrocken den Meister. Untersetzter Sechziger mit einem gutmütigen Gesicht.

»Polizei? Aber ich habe doch schon …«

Selbe Reaktion wie bei den Schulmädchen.

Ich erkundigte mich nach der Habe, Winters persönlichen Sachen.

»Aber die hat der Vater längst abgeholt, Herr Inspektor.«

»Natürlich. Aber sagen Sie, Herr Lange, können Sie sich entsinnen, ob sich darunter auch Geld befand, womöglich die Brieftasche oder die Börse des Jungen?«

Er machte ein erstauntes Gesicht.

»Ernst besaß eine Brieftasche. Sie war noch vorhanden, daran kann ich mich erinnern. Lag ja noch ganz offen auf dem Schreibtisch. Als hätte er sie zuvor eigens dort hingelegt, dann aber doch vergessen, mitzunehmen.«

»Ernst Winter hat also ohne Geld am Sonntag, dem 11. März, Ihr Haus verlassen?«

»Davon gehe ich aus, ja. Außer paar kleinen Münzen in der Tasche für etwas Tabak vielleicht. Denn viel mehr, als was in der Börse war, besaß er nicht. Der Vater ist kein armer Schlucker, aber doch auch kein Krösus.«

Die Spur, dass Winter zu einer Gewerblichen gegangen sein könnte, war schon in den Anfängen der Ermittlungen verfolgt worden; nach dieser Aussage schied sie für mich jedoch endgültig aus. Er hatte dafür schlicht das nötige Geld nicht bei sich.

Aber es gab gewiss auch in Konitz die üblichen Grauzonen.

»Herr Lange, einmal unter uns Pastorensöhnen: Können Sie sich irgendeine Weibsperson vorstellen – vielleicht auch, dass ihr Name mal gefallen ist –, die einen hübschen großen Jungen wie den Ernst nicht abgewiesen hätte, wenn er ihr gelegentlich dafür mal ein Geschenk, eine Kleinigkeit für die Wäsche und so weiter, zusteckte?«

Er wog eine Weile den Kopf hin und her, und ich wusste, dass ich ins Schwarze getroffen hatte.

»Ja, da fiel mal ein Name. Kammerov. Unser Lehrjunge zog den Ernst einmal damit auf, dass die Wilhelmine, die Kammerov eben, nach ihm gefragt hätte. Oder ihr … ihr Verlobter, Zinner oder Zindler hieß er, hätte da irgendetwas unterstellt. Aber genau weiß ich das nicht mehr, kann mich auch verhört haben.«

Er hatte sich nicht verhört, wollte sich nur nicht dem Vorwurf aussetzen, dass er genauer hätte hinhören und als väterlicher Freund und Wohnungswirt etwas hätte unternehmen sollen, um seinen jungen Mieter vor gewissen Fehltritten zu bewahren.

Langes Lehrjunge, nach dem ich fragte, wusste es besser, ich nahm ihn im hinteren Backraum beiseite.

»Doch, Winter hat was mit der Kammerov gehabt. Das weiß ich ganz sicher.«

»Und ihr Verlobter?«

»Zindler. Ist gar nicht ihr Verlobter. Ist ihr Louis oder vielleicht beides. Jedenfalls kassiert der die … na die Geschenke für Wilhelmine.«

»Hast du ihr auch Geschenke gemacht, Junge?«

»Nur einmal. Und nie wieder.«

»Warum das?«

»Es war gemein mit ihr. Das heißt eigentlich nicht mit ihr, sondern wegen Zindler. Der kam plötzlich dazu, und Schluss war.«

»Warst du gemeinsam mit Ernst Winter bei ihr?«

»Nein. Hab ihm aber davon erzählt. Und er hat gesagt, er probiert sie auch mal aus. Den Zindler würd' er sich schon vom Leib halten.«

Doch womöglich war ihm eben das missglückt.

»Wo wohnt die Kammerov, Junge?«

»Im kleinen roten Haus.«

»In *welchem* kleinen roten Haus? Straße, Hausnummer?«

»Sie verstehen nicht, Herr. Das kleine rote Haus ist eben das … kleine rote Haus, draußen, Richtung Pollnitz.«

Zurück im Präsidium erfuhr ich, dass Wilhelmine Kammerov dort keine Unbekannte war. Im Gegenteil. Vor vier Jahren war sie sogar in einen Mordfall verwickelt gewesen. Bluhm, ein Ruderer und guter Schwimmer, fünfundzwanzig Jahre alt, war ertrunken im Mönchsee gefunden worden. Es gab Zeugen, die behaupteten, Kammerov mit Bluhm am Tag seines

Verschwindens zusammen gesehen zu haben. Sie stritt jedoch alles ab und kam davon. Doch dann kam man ihr drauf, dass sie als Prostituierte arbeitete. Im Prozess hatte sie's unter Eid bestritten, *dafür* saß sie dann zweieinhalb Jahre im Stadtgefängnis ein.

Nun ist das Mädchen vierundzwanzig Jahre alt und nimmt nur noch ›Geschenke‹ an.

Seit ihrer Entlassung wohnt sie im ›kleinen roten Haus‹. ›Richtung Pollnitz‹, das war eine sehr grobe Angabe des Bäckerjungen. Beyer, der Polizist, er erfüllt beinahe Sekretärsfunktion für mich, solange Wehn noch nicht nach Konitz zurückgekehrt ist, – Beyer also klärte mich darüber auf, dass es nur wenige Minuten vom Schützenhaus entfernt liege, wo der Kopf gefunden worden war.

»Früher war das rote Haus ausschließlich von Dirnen bewohnt. Heute leben dort auch Familien.«

»Was für Familien, Beyer?«

»Arme Familien, Herr Inspektor.«

Wir fuhren hinaus, Beyer und ich, unter einem lichtblauen Himmel, der den düsteren Anlass unserer Fahrt zu verspotten schien. Dieselbe Allee entlang, die ich vor Kurzem erst zu Fuß gegangen war. Der Fahrtwind tat gut bei der Hitze.

Kurz vor dem Gelände der Schützengilde rechts in einen Feldweg gebogen, nach gut hundert Metern erschien das rote Haus.

Erbärmlicher Anblick. Zweistöckig, räudiger, weitgehend bereits abgeblätterter roter Putz, gerade Platz für eine Familie, möchte man meinen. Doch es wohnen nicht weniger als sechs Familien darin, der reine Wedding.

Die vielen Kinder hätten dich erfreut und zum Lachen gebracht, Trud.

Aber nicht, wie sie aussahen: verdreckt und in Lumpen, voller Geschwüre und Hämatome. Viele von ihnen mit toten Blicken.

Es waren Dutzende Kinder, und mir war unerklärlich, wie sie alle mitsamt ihren Eltern in diesem einen kleinen Haus Platz finden konnten.

Wilhelmine Kammerov war anwesend, ebenso ihr Lude, denn nichts anderes ist dieser Zindler, ihr angeblicher Verlobter. Sie hockten in einer winzigen fensterlosen Kammer unterm Dach, dessen Luft durch abgebrannte Kerzen zum Schneiden war. Ich bestand darauf, mit ihnen hinterm Haus, unter freiem Himmel zu sprechen, so konnte ich ihnen wenigstens in die Augen sehen.

Das Mädchen eine blonde nudeldicke Dirn mit teigigem Gesicht. Zindler ein dreißigjähriger Windhund, mager und abgezehrt, ist gewesener Maurer.

Er stritt rundheraus ab, den Winter zu kennen.

Kammerov gab dagegen unbekümmert zu, mit ihm gelegentlich verkehrt zu haben.

»Unter freiem Himmel. Wenn's Wetter war wie heute. Im roten Haus, Sie sehen's ja, hat man doch keine Ruh für so ein Geschäft.«

Das heißt, sie selbst störe sich nicht daran, aber ihre ›Verehrer‹ schon. Vor allem, wenn plötzlich die Kinder auftauchten, was sie mit Vorliebe täten. Sie lachte darüber, Beyer ebenfalls ein wenig. Zindler dagegen verzog keine Miene, während der ganzen Zeit nicht. Die Schwatzhaftigkeit seines Mädchens ging ihm offensichtlich gegen den Strich.

»Am 11. März hast du den Winter also nicht getroffen?«

»Nee, viel zu kalt. Nur im Sommer, wie gesagt.«

»Was hast du gemacht am Elften, Wilhelmine?«

Sie verzog die Schnute und dachte kurz nach oder tat wenigstens so.

»War doch ein Sonntag, oder? Na, am Sonntag werd ich in der Messe gewesen sein in Konitz. Um zehn. Danach, ach jetzt weiß ich's wieder, danach war ich in Briesen drüben. Nach langer Zeit mal wieder.«

Sie wedelte unbestimmt mit ihren fleischigen schneeweißen Armen.

Ich wandte mich an Beyer.

»Wie weit ist es von Briesen bis Konitz?«

»Na, werden so vier, fünf Kilometer sein, Herr Inspektor.«

Wandte mich wieder dem Mädchen zu.

»Was hast du in Briesen gemacht, Wilhelmine?«

»Gearbeitet natürlich. – Bei Fettkes, aufm Hof.«

Beyer fing meinen fragenden Blick auf.

»Ein recht großer Gutshof, Herr Inspektor.«

»Kann der Gutshof deine Angaben bestätigen?«

»Das muss er! Wenigstens der Verwalter. Wo ich doch dort war.«

»Gut, wir überprüfen das. – Und Sie, Zindler? Wo waren Sie am 11. März?«

Er zog hörbar Rotz die spitze Nase hoch.

»Dacht ich mir, dass Sie das fragen. Zufällig weiß ich's noch ganz genau.«

»Und zwar? Machen Sie's mal nicht so spannend, Mensch.«

»War in Mossnitz, Vieh hüten.«

Ich warf Beyer wieder einen fragenden Blick zu.

»Ein Dorf. Bisschen südlich von Konitz. Drei bis vier Kilometer bis zur Stadt von dort.«

»Und Sie waren den ganzen Tag dort unten, Zindler?«

»Von morgens bis abends, Herr. Der Bauer Zorck kann das bestätigen. Und der Knecht Niklas auch.«

Wir gingen zurück zur Kutsche, wo sich der Kutscher selbst auf dem Bock von Kindern umringt sah, die nach allen Regeln der Kunst um Geld und was weiß ich nicht noch bettelten. Er wehrte sie ab, so gut es eben ging und war sichtlich erleichtert, uns zu sehen. Erst zurück am Präsidium kam er auf den Gedanken, seine sämtlichen Taschen zu überprüfen. Der Tabaksbeutel fehlte und die Geldbörse, in der etwas Hartgeld gewesen war.

Er wurde schrecklich wütend, wie du dir denken kannst.

»Verdammte Zigeunerplage!«

Er war drauf und dran, zurückzufahren zum roten Haus, um sich sein Geld wiederzuholen.

»Lassen Sie das besser, Kowalke. Lehrgeld.«

Drückte ihm paar Groschen für ein Bier in die Faust, um den Ärger hinunterzuspülen.

Ich schickte je einen Beamten nach Briesen und Mossnitz. Kammerovs und Zindlers Angaben wurden vollends bestätigt. Es erschien schlicht unmöglich, dass sie sich heimlich, ohne Wissen ihrer Dienstherren, an dem Tag nach Konitz geschlichen hätten, um Winter unter freiem Himmel zu ermorden, zu zerstückeln und Brust und Rumpf im Mönchsee zu versenken, während sie die anderen Teile irgendwo versteckten. – Ganz undenkbar.

Eine weitere, zunächst ganz viel versprechende Spur im Sande verlaufen.

Stillstand, Stillstand, Stillstand! Es platzt mir der Kopf und … Aber ich beruhige mich ja schon.

Hab deine Worte nicht vergessen: ›Dein kranker Ehrgeiz, Johann.‹

Aber dein Casanova vom Theater, war er denn weniger besessen von seiner Karriere?

Nur eben erfolglos.

Und ich kam doch schnell dahinter, dass du ihn nicht liebtest, dass nicht einmal … Dass es einzig und allein deine unmögliche Liebe zum *Theater* sein musste, die dich und ihn zusammenbrachte, immer wieder.

All die Theaterbesuche, Oper, Varieté, auch Bücherkäufe, Kleist, Schiller, sogar Hauptmann, mein Gott. Ich tat doch alles nur für dich.

Am Sonntag (27. Mai) fand nun die Beerdigung statt – das heißt der Körperteile, die bislang von der Leiche gefunden wurden. Schon dieser Unvollständigkeit wegen ist die Bevölkerung unzufrieden mit der Polizei, mahnt der Bürgermeister.

Sein eindringlich-besorgter Blick, den ich ihm langsam übel nehme.

Fatalerweise wurde von Berlin und Marienwerder die Belohnung für aufklärende Hinweise auf nicht weniger als zwanzigtausend Mark heraufgesetzt. Zwanzigtausend, das gibt mindestens zwanzig neue Denunziationen pro Tag.

Ich beginne immer mehr zu begreifen, warum ein tüchtiger Mann wie Wehn scheinbar so kläglich scheitern konnte. (Meine tröstenden Worte für ihn, nach der Ermittlersitzung in Berlin, kommen mir inzwischen gönnerhaft und reichlich hochmütig vor.)

Ein Leichenzug von unübersehbarer Länge zog sich unter gräulich bedecktem Himmel (bei immer noch elender Schwüle) durch die Stadt. Mein Blick vom Hotelfenster aus auf den Marktplatz, es war kein Zentimeter Platz mehr dort unten, wie die Ameisen, Tausende Menschen.

Folgte dann dem Zug von der Evangelischen durch die Danziger, am Kaiserdenkmal vorbei zum Totengang, der selbstverständlich zum Friedhof führt.

Trotz schwarzer Trauerkleidung und Sonntagsstaat von Feierlichkeit keine Spur. Aufgebrachtes Trommeln und Treten eines Teils dieser rüden Trauergemeinde gegen die verrammelten jüdischen Geschäfte, die am Weg lagen: Kurzwaren Schreiber, die Schlachterei Lewy selbstverständlich, Haushaltswaren Meyer, Juwelier Loewenstein, Kolonialwaren Rosenthal und wie sie alle heißen.

»Juden raus«, »Hep-Hep«, »Geht zurück nach Palästina!« – Parolen von allen Seiten, selbst von den Balkonen und Fenstern herab, wo die Schaulustigen (denn um nichts anderes handelte es sich: eine Schau) dicht gedrängt standen. Bös aufgeheizte Stimmung, die Masse (Jung und Alt, Mann und Weib, Arbeiter- und Bürgerschaft, keine Gruppe stach besonders heraus) will die Juden als Mörder hängen sehen: den ›Schlächter Lewy‹ zuerst, aber eigentlich alle Juden.

Und das, obwohl sich Deditius nach Kräften bemüht hat, den Stand unserer Erkenntnisse – kein Schächtschnitt, kein Ritualmord, sondern Erstickungstod – via Lokalpresse unter die Leute zu bringen. Doch die örtliche Zeitung bringt die Meldung nur verstümmelt, vollkommen wertlos, und von den überregionalen Blättern wird inzwischen fast ausschließlich die Staatsbürger-Zeitung gelesen, welche die Wahrheit ins Gegenteil verkehrt.

Pastor Hammer, durchaus ein gutmütiger Charakter, scheint's, erwähnte die Juden zum Glück nicht am Grabe. Aber dass es sich um einen langfristig geplanten Mord gehandelt hätte – woher will er das wissen? Und eine solche Behauptung gehört gewiss nicht in eine Trauerrede. Weswegen sie dann tags darauf in der Staatsbürger nachzulesen war.

Alles in allem ging der Sonntag jedoch glimpflich vorüber. Aber Deditius kann das nicht beruhigen.

»Wir müssen der Menge sehr bald den Täter liefern, Braun, sonst explodiert das Pulverfass.«

Er hat recht damit behalten.

Das zeigt nun die fatale Entwicklung um Meyers, Juden, die in der Danziger Straße, schräg gegenüber der Schlachterei Lewy, ein Haushaltswarengeschäft betreiben.

Geschäftsfrau Rosa Meyer gehörte anfangs selbst zu den Zeugen, die Ernst Winter am Sonntagnachmittag in der Stadt noch gesehen haben wollten. Nun aber behauptet eine gewisse Wiwjorra, Fabrikantengattin und bislang gute Kundin bei Meyers, eben in deren Laden habe bereits vor Monaten eine Liste kursiert, in die sich alle am »Blutmord« interessierten Juden eintragen konnten. Ein ortsfremder Mann, der Meyers die Liste überreicht hätte, habe von Ernst Winter als »fälliges Opfer« gesprochen, weil er mit jüdischen Mädchen poussiere.

Das Gerücht von der Liste in Meyers Laden kursierte eine Weile in der Stadt, wurde von der Wiwjorra jedoch nicht offiziell bei der Polizei angezeigt. Eben die Tatsache, dass es die reiche Fabrikantengattin nicht auf eine Belohnung abgesehen haben konnte, verlieh ihrer Behauptung in der Bevölkerung offenbar starke Glaubwürdigkeit.

Und kurz danach stand alles in der Staatsbürgerzeitung zu lesen! Das Blatt präsentierte in den folgenden Tagen sogar einen weiteren ›Zeugen‹, der Verdächtiges in und um den Laden der Meyers beobachtet oder gehört haben wollte. Einen Landarbeiter namens Anton Hellwig aus Görsdorf bei Konitz.

Ein wirklich kurioser Zeuge. Die (neutrale) Danziger Zeitung wusste zu berichten, Hellwig, dreiundfünfzig Jahre alt, sei in Görsdorf als ›Stotter-Anton‹ bestens bekannt. Seit seiner Kindheit glaube er als erzgläubiger Katholik an Hexen. Und dass Protestanten an ihrem Extra-Auge auf der Stirn zu erkennen seien. ›Dieser Mann hat das Dorf in seinem Leben kein einziges Mal verlassen. Und eine Verschwörung zu einem Mord fantasiert er hinter jedem Buschwerk.‹

Ich habe anfangs sehr gelacht, wie du dir denken kannst.

Dann nicht mehr. Denn die Staatsbürger legte nach, präsentierte bald jeden Tag neue ›Zeugen‹ für die ›Blutliste bei Meyers‹. Darunter einen Nachtwächter aus Klein Komorze. Zwar konnte auch in seinem Fall die Danziger gegenhalten: Der Nachtwächter sei Pole, verstünde kein Wort Deutsch und sei in seinem Dorf wohlbekannt als der ›Münchhausen von Komorze‹.

Doch was hilft's, wenn immer weiter Hausfrauen, Handwerksmeister und andere ›unbescholtene Bürger‹ als Augen- und Ohrenzeugen zitiert werden, um dem Münchhausen der Staatsbürgerzeitung die Stange zu halten?

Meyers Laden wurde nun schon zum dritten Mal am helllichten Tag die Fenster eingeworfen. Die beiden jungen Töchter, bereits früher auf der Straße angegriffen und misshandelt, gehen inzwischen aus Angst nicht mehr zur Schule. Matthäus Meyer, der Ladeninhaber, gibt jetzt sein Geschäft auf, um nach Berlin zu ziehen – zu *flüchten* wäre das treffendere Wort.

Der Bürgermeister fürchtet inzwischen natürlich das Chaos.

»Wir verlieren immer mehr die Kontrolle, Braun. Dabei ist es schon schlimm genug gekommen.«

Habe seine kaum verhüllte Kritik – nicht an meiner Arbeit, das nicht, wohl aber an den fehlenden Ergebnissen – durchaus verstanden.

Aber was tun, zum Teufel? Wie weiter?

Wie auf Bestellung ereigneten sich beinahe zeitgleich zwei Vorfälle, die neuen (und alten) Schwung in den Fall brachten.

Zunächst stand zwei Tage nach der Beerdigung, am Dienstag, ein alter Bekannter als Verdächtiger wieder auf: der Schumacher Plath. Und seinen Anteil daran hatte nicht zuletzt mein getreuer Kriminalschutzmann Beyer.

Beyer wusste gleich früh am Morgen aufgeregt zu berichten, dass Weichel (er scheint eine besondere

Abneigung gegen den Lehrer zu hegen) am gestrigen Abend in einer der vielen Kaschemmen im Ort das Alibi für Plath, den verdächtigten Schneider, widerrufen habe.

»Verlässliche Zeugen, Verwandte von mir, haben das in Schmeichels Tanzlokal selbst mit angehört.«

»Was genau haben sie mit angehört, Ihre Verwandten, Beyer?«

»Dass Lehrer Weichel am 11. März gar nicht mit dem Plath unterwegs gewesen wäre, an dem Sonntag, im Stadtwald und so weiter.«

Man beachte sein »und so weiter«.

»Sondern?«

»Dass Weichel … na, er wäre nach dem Mittagessen, vielmehr nach dem Biertrinken nach dem Mittagessen, also, er wäre viel zu betrunken gewesen, um noch spazieren zu gehen. Und überhaupt hätte er nichts mit dem Plath zu tun, soll er gesagt haben. Befreundet wären sie schon gar nicht. Er hätte sich zum Beispiel, der Plath, schon ewig nicht mehr bei ihm, also bei Weichel, blicken lassen.«

»Gut, wir werden Lehrer Weichel persönlich danach fragen.«

»Soll ich ihn gleich herbringen, Herr Inspektor?«

»Noch nicht. Erst wenn die Schule aus ist, am Nachmittag. Wir wollen den Mann nicht noch mehr kompromittieren.«

Er blickte mich erstaunt an, seine Augen sagten, der Mann kompromittiert sich doch selbst schon genug.

Man muss vorsichtig sein hier draußen. In Konitz können Gerüchte tödlich sein.

Kurz darauf – zweiter Vorfall – stürzt ein stoppelbärtiger ›Bierhändler‹ namens Steffan in Beyers Amtsstube und behauptet, er habe den Winter am 11. März um sieben Uhr am Abend zusammen mit zwei ihm bekannten Männern gesehen, die mit ein und derselben Frau verkehrten, Winter sei der Dritte im Bunde gewesen.

Ich tat die Sache zunächst ab, als Beyer mir den Mann vorstellte, wieder einer, der sich mit der Belohnung ein ganzes Bürgerhaus kaufen wollte, bedenke nur: zwanzigtausend Mark!

»Warum sind Sie denn nicht eher zur Polizei gegangen, um Ihre Aussage zu machen, Steffan?«

»Ich hatte … hab mich nicht getraut, Herr Inspektor.«

»Ach. Warum denn nicht?«

»Dachte, man glaubt mir nicht. Und sperrt mich am Ende noch wegen Meineid ein. Glaubt, ich lüge, von wegen die Belohnung.«

Womit er, wie gesagt, nicht falsch lag.

Doch dann wurde dieser Bierkutscher, der er in Wahrheit war, erstaunlich genau. Er hätte, sagte er, am bewussten Sonntag den Winter auf der Danziger sich mit einem gewissen Johann Gast und dessen Kumpan August Pikarski streiten sehen.

»Bestimmt ging es dabei wieder um Marie. Marie Sawischewski. Sie ist zwar keine Gewerbliche, aber der Pikarski, ihr jetziger Verlobter, verleiht sie praktisch für ein paar Bier oder eine Flasche Schnaps, ja?«

Er hatte die irritierende Eigenschaft, oftmals seine Stimme am Ende eines Satzes wie bei einer Frage anzuheben.

»Woher wissen Sie das so genau, Steffan? Spendieren Sie dem Pikarski selbst mal ein paar Bier oder eine Flasche Korn für die Sawischewski?«

Er griente blöde über das runde Stoppelgesicht. Aber dann wurde er doch wieder ernst.

»Ich mach's nur wie andere auch, Herr.«

»Sie wollen sagen, Sie machen's nur wie der Winter auch?«

»Zum Beispiel. Wir haben manchmal in der Kneipe oder im Schützenhaus zusammen gesessen, Pikarski, Gast, Winter und ich.«

Ich wurde misstrauisch.

»Was denn sind Ihre Kumpel von Beruf, falls sie einen haben?«

»Gast ist Maurer, paar Jahre jünger als ich, mal sagen Anfang zwanzig? Pikarski hat auch Maurer gelernt, glaube ich, aber jetzt ist er Soldat. Sagt er jedenfalls, ja?«

»So, und Sie wollen mir weismachen, dass ein Maurer, ein gewöhnlicher Soldat und ein Bierkutscher mit einem Gymnasiasten zusammensitzen?«

Ja, Trud, kann mir denken, was du dazu sagen würdest. Dass doch sogar unsere *Ehe*, die Ehe zwischen einem Polizisten und einer Schauspielerin, gesellschaftlich nicht erwartbar war, ganz und gar nicht erwartbar. Das ist wahr, hast ja recht. Aber wir lebten doch in Berlin, in der Hauptstadt. Hier in der Provinz, das habe ich längst gelernt, macht die Landluft alles andere als frei, das kannst du mir glauben! (Mich macht sie ganz krank.)

Aber der Bierkutscher hatte durchaus eine plausible Erklärung für die Verbindung zwischen den Männern:

»Ernst war doch selber mal Bauhandwerker. War Lehrling, Zimmermann eine Weile.«

»Und Sie behaupten also, Gast und Pikarski hätten sich am Mordtag mit Ernst Winter auf offener Straße gestritten?«

»Ja, so war's. Ich bin noch über die Straße und auf sie zu, aber sie haben mich gar nicht beachtet und sind ab Richtung Rähme.«

»Wollten Sie nicht dabei haben, was?«

»Lauf denen doch nicht hinterher.«

Ich schickte ihn hinaus und rief Beyer herein. Der Name Pikarski sagte ihm nichts, aber Gast und Sawischewski umso mehr.

»Sawischewski ist noch ein junges Ding, gerade zwanzig. Ich erinnere mich, wir hatten sie kurz vor Weihnachten hier zum Verhör. Ihr Kleines, ein Mädchen, nicht mal ein Jahr alt, war gestorben. Einfach so, behauptete sie, es hätte über Nacht mit einem Mal aufgehört zu atmen. Ihr Verlobter, der Gast …«

»Ich dachte, Pikarski wäre ihr Verlobter?«

»Damals war es Gast. Jedenfalls, der könnte es bezeugen, dass das Kind, die Kleine, ihr einfach weggestorben wäre. Es wäre ja schließlich von ihm, also vom Gast, gewesen.«

Vielleicht stimmte das. Vielleicht aber war es nur ein weiterer Fall von Kindstötung durch Ersticken. Wie auch immer, es ist schwer in solchen Fällen, die Wahrheit herauszufinden, das sollen selbst die Ärzte in der Charité zugestehen. – Kindstötung fällt sonst nicht in mein Gebiet, und wenn ich davon erfuhr, in Berlin, so habe ich dir wohlweislich nichts davon erzählt.

»Kennen Sie die Adresse der Leute, Beyer?«

»Ganz am Ende der Rähme, da wohnen sie.«

»Das ist doch dort, wo der Müll abgeladen wird?«

»Richtig, Herr Inspektor.«

Beyer entließ den Bierkutscher, bestellte ihn aber auf mein Geheiß für den nächsten Tag wieder ein.

Wir eilten in die Rähmestraße. Das schmale Haus mit der blatternarbigen Fassade lag tatsächlich keinen Steinwurf vom Müllabladeplatz entfernt. Ein winziges, nach Staub, Schimmel und Mäusen muffelndes Zimmer im Parterre, Küche, Stube und Schlafstätte in einem. Vor dem verdreckten Fenster eine neue, strahlend weiße, sicher nicht billige Gardine, und an dem rundum laufenden schmalen Regal eine feine, akkurat gehäkelte Bordüre, die ebenfalls nach teurer Anschaffung aussah.

Nur die Verlobte war anwesend. Sie war jung, sehr jung, aber nicht ihr geisterhaft weißes Gesicht, das alt und kalt aussah.

»Nee, nee, ich hab mit keinem Ernst Winter was gehabt, Herr.«

»Auch mit keinem Arthur Steffan?«

»Mit dem ja. Paar Mal bloß.«

»Er ist also ein … Kavalier von dir?«

Sie zuckte die Achseln.

»Bringt manchmal Bier mit für alle. In letzter Zeit nicht mehr.«

»Steffan behauptet, dein Verlobter, der Pikarski, und Gast, dein Verlobter vom letzten Jahr, hätten sich mit Ernst Winter gestritten.«

»Davon weiß ich nichts. Kenn den Winter nicht.«

»Ich bin sicher, du kanntest ihn doch.«

Sie schwieg den groben Tisch in der Mitte des Raums an, auf dem sich ein Berg aus verdrecktem Geschirr, Essensresten und Besteck türmte.

»Wo finden wir die beiden?«

»Wo wer'n sie sein, im Wirtshaus.«

»In welchem Wirtshaus, Marie?«

Wieder zuckten die Schultern.

»Sag ihnen, sie hätten sich morgen früh um neun auf der Wache einzufinden. Pünktlich. Andernfalls wandern sie stante pede ab ins Untersuchungsgefängnis. Und noch eins, Mädchen, solltest du zukünftig vor Gericht aussagen müssen, rate ich dir, nicht weiter zu behaupten, du hättest den Winter nicht gekannt. Das wäre Meineid, und das Zuchthaus wäre dir sicher. Ich mein's nur gut mit dir.«

Sie warf mir einen höhnisch-bitteren Blick zu, der sagte: Alle behaupten, sie meinen es gut mit mir …

Noch im Gehen, praktisch auf der Türschwelle, stießen wir mit einem Kunden zusammen. Ein junger Infantrist, groß und kräftig, aber ein rechter Grünschnabel vom Gesicht her. Er war der Sohn eines gut betuchten Konitzer Geschäftsmanns namens Battenberg, wie Beyer wusste.

Schlagartig wurde mir klar, von wem das Geld für die teuren Gardinen und die Bordüren stammte.

Ich fühlte ihm ein wenig auf den Zahn, worauf er sich gleich mächtig in die Brust warf, der junge Herr Infantrist.

»Ich werde sie heiraten, meine Marie.«

Beyer wusste es besser, sobald der Soldat im Haus verschwunden und die Tür geschlossen war.

»*Seine* Marie, pah! Nie im Leben wird der alte Battenberg das zulassen.«

Ich wandte mich zum Gehen, doch Beyer blieb mit einem fragenden, um nicht zu sagen, tadelnden Blick stehen.

»Um Vergebung, Herr Inspektor, aber warum warten wir bis morgen auf die beiden Halunken? Sollten wir nicht besser auf der Stelle nach ihnen suchen und sie festnehmen? Seinesgleichen trifft sich gern in Riedels Lokal.«

Er wandte sein Kinn in die andere Richtung.

»Mit ›Halunken‹ mögen Sie recht haben, Beyer. Aber ob sie Mörder sind, steht nun mal nicht fest. Und sie werden uns nicht weglaufen, verlassen Sie sich drauf.«

Außerdem schien mir die Spur nicht allzu viel mehr zu versprechen. Winter war kein Geliebter (ein weiterer ›Verlobter‹) der Sawischewski gewesen, sondern allenfalls einer ihrer Freier. Eifersucht als Motiv und Totschlag im Affekt schieden damit aus. Abgesehen vom fehlenden Motiv, gab es weitere Umstände, die dagegen sprachen: Wo eigentlich sollten die beiden Männer, Pikarski und Gast, ihr Opfer zerstückelt haben? Mitten im Zimmer etwa? Das Haus war nicht unterkellert, davon hatte ich mich überzeugt, und der einzige Raum der Wohnung sah aus, als wäre er schon seit Monaten nicht mehr gereinigt worden. Undenkbar, dass nun keinerlei Spuren der Barbarei mehr sichtbar sein sollten.

Dennoch nahm ich mir vor, das Verlobtenduo am folgenden Tag in die Mangel zu nehmen, sicherheitshalber. – In Berlin, Trud, hätte ich sie einfach von der Liste gestrichen, aber hier oben ist mir der Menschenschlag so fremd, so verrätselt, dass ich jedem Einzelnen erst auf den Zahn fühlen muss, um mir ein festes Bild von ihm zu machen.

Am frühen Nachmittag ließ ich den Lehrer Weichel vorführen. Eine große, aber schlaffe und sehr traurige Gestalt mit dunklen Ringen unter den tiefen Augen.

Er konnte sich partout nicht mehr erinnern, was er am Vorabend über Plath, den Schneider, in Schmeichels Tanzlokal gesagt haben sollte.

»Ich war betrunken. Alles vergessen. Es tut mir leid.«

»Zeugen behaupten, Sie hätten das Alibi widerrufen, welches Sie Plath für Sonntag, den 11. März gegeben haben.«

»Kann sein, dass ich das getan habe. Aber es stimmt nicht.«

»Was stimmt nicht, Weichel? Herrgott, Sie sind doch Lehrer, bringen Sie den Kindern an der Volksschule nicht bei, sich klipp und klar auszudrücken, nein?«

»Doch. Natürlich. Soweit es in meinen Möglichkeiten steht. Und in denen meiner Schüler.«

»Zur Sache also: Widerrufen Sie nun Ihre Aussage, Sie hätten am Elften den Nachmittag mit Otto Plath zusammen die Zeit verbracht oder nicht?«

Er widerrief nicht.

»Das war wohl nur so dahingesagt … der Schnaps, das Bier, bitte um Vergebung, Herr Inspektor. Ich habe mich nun mal über Plath furchtbar geärgert. *Ihm* habe ich es doch zu verdanken, dass mir die Leute, selbst die Kinder, hinterherschreien: Weichel Urning, Weichel Urning, Weichel Urning! – Können Sie sich vorstellen, wie es einem geht, tief drinnen in der Brust (er schlug sich theatralisch mit der Faust dagegen), wenn man derart angespuckt wird, in aller Öffentlichkeit?«

Er habe sich wohl im Wirtshaus, voll wie eine Haubitze, den ganzen Ärger über Plath und den Kummer, den er sich mit ihm eingebrockt hätte, herausgekotzt. Erst kurz zuvor habe ihn seine Frau mit den drei Kindern verlassen, diesmal endgültig, sie habe den Schimpf der Nachbarn, die Schande in der Schule am Ende doch nicht mehr ausgehalten.

Ich ließ den Mann gehen.

Ich verstand, wovon er sprach.

Wie oft in der Zeit … danach … habe ich es gemacht wie dieser Lehrer, vor dem Glas gesessen und dich verflucht für das, was du schließlich doch getan hast.

Mit ihm.

Weißt du übrigens, dass ich mein Leben lang Angst hatte?

Angst vor der Hand des Vaters.

Vor dem Rohrstock des Lehrers.

Vor dem Versagen in der Schule.

Eine Zeit lang sogar davor, taub zu werden (du weißt, wie schwach ich höre).

Später die Angst, übersehen zu werden bei der Beförderung.

Aber alles das war doch nichts gegen die größte Angst: dass du mich verlässt.

Am folgenden Vormittag dann die beiden ›Verlobten‹, Gast und Pikarski, eine Stunde lang nacheinander verhört. Ein Traumpaar unter den Gaunern zweifellos.

Gast ist der ausgekochte von beiden, ein drahtiger, muskulöser Kerl mit starrem Blick. Behauptete wie seine verflossene Verlobte, er habe den Winter gar nicht gekannt, könne infolgedessen nicht am Sonntag, dem Elften mit ihm zusammen gewesen sein.

»Und Streit mit einem Wildfremden, Herr? Weshalb denn?«

»Sag du's mir, Gast.«

Verächtliches Schweigen, das er aus dem Effeff beherrscht.

Natürlich hatten sich die zwei abgesprochen.

Auch Pikarski, ein kleines Wiesel mit Halbglatze trotz seiner jungen Jahre (24), will den Winter nicht gekannt und schon gar nicht sich mit ihm getroffen und gestritten haben. Steffan, der Bierkutscher, sei ein Lügenbold, der sie bloß beide anschwärzen wolle, um auf einen Streich reich zu werden (die Belohnung).

In diesem Punkt mochte er sogar recht haben.

Gast stritt aber auch alles andere ab. Er sei nicht der Vater des verstorbenen Mädchens und überhaupt nie mit ihr verlobt gewesen.

»Also, nicht *richtig* verlobt.«

»Was heißt das, Gast? Du hast ihr die Heirat versprochen, es aber gar nicht ernst gemeint?«

»Was die sich immer zurecht spinnt, die Maria. Sie hat doch jetzt den August. Aber der reicht ihr auch nicht. Sie macht's nebenher noch mit den Arbeitern von den Elektrizitätswerken drüben.«

»Und hinterher haltet ihr beide, du und Pikarski, nicht etwa die Hand auf, um bei ihr abzukassieren, nein?«

Er schwieg finster, gab geradezu den Gekränkten.

Ich fragte ihn nach seinem Alibi für den Nachmittag und Abend des Elften.

»Wo werd ich gewesen sein? Weiß nicht mehr. Kneipe vermutlich.«

»Dann müsste es doch Zeugen en masse geben.«

»Zeugen? Kann mich nicht mal mehr ans Wirtshaus erinnern, wo ich gesoffen hab, Riedels vielleicht. – Wissen *Sie* noch ganz genau, wo Sie am 11. März nachmittags gewesen sind?«

(Ganz genau. Ich war am Plötzensee, wie du weißt.)

»So, Freund, noch eine freche Bemerkung gegen einen Vertreter der Obrigkeit und du wanderst in den Bau, damit das klar ist.«

Das Wiesel, Pikarski, hat ein Alibi. Er war zu dem Zeitpunkt als Füsilier im Dienst, sagt er. Das könne seine ehemalige Kaserne (er ist unehrenhaft entlassen) bestätigen.

Inzwischen hat sie es getan.

Es kann also keinen Streit zwischen Winter und dem Gaunerduo am 11. März gegeben haben. Somit erwies sich denn die ganze Aussage des Bierkutschers als vollkommen wertlos. Eine gezielte Denunziation, die er nun als schlichten Irrtum ausgibt. Überlege noch, ob ich ihn dennoch davonkommen lassen soll. Zumal die beiden ›Verlobten‹ ihm dafür bei nächster Gelegenheit den Pelz gerben werden, das heißt vermutlich wird Gast das Geschäft übernehmen.

Pikantes Detail übrigens, dass Pikarski seinem Freund Gast ohne Weiteres auch einen Mord zutraut.

»Er schlägt Marie, der Schweinehund, jeden Tag.«

»Ja, warum schützt *du* das Mädchen denn nicht, Mensch?«

»Mich schlägt er ja auch.«

»Und das Kind? Was hat er mit dem Säugling gemacht? Geschlagen, gewürgt den Wurm? Erstickt? Was?«

Er zuckte die Achseln.

Der Untersuchungsbefund zum Tod des Kindes stammt natürlich von Kreisphysikus Müller senior. ›Keine Auffälligkeiten‹ gefunden. Nun ist es zu spät.

Ich warf die beiden Halunken hinaus.

Das Wetter umgeschlagen.

Feuchter und kühler nach der drückenden Hitze der vergangenen Tage. Aber ebenso unerträglich …

Im Frühjahr, als du … Wir waren spazieren, du sagtest, aus heiterem Himmel: Ich habe bald gar keine Erinnerungen mehr, alles wird undeutlich, verschwommener jeden Tag. Mein Gedächtnis blutet aus.

Du lachtest. Es sah aus wie Weinen.

Ob *ich* Erinnerungen an meine Jugend hätte, die Kinderzeit?

Ich lachte ebenfalls. Und sehr schlecht.

Das vergisst man nun mal nicht, Trud. Wenn der Vater dir mit der blanken Faust ins Kreuz schlägt, und du denkst, jetzt bringt er dich um, der Alte, das vergisst du niemals.

Aber das dachte ich damals nur.

Und du bliebst stumm.

Endlich doch die Wende in diesem Fall?

Am Abend (jetzt ist schon weit nach Mitternacht) suchte mich völlig überraschend Deditius auf: in meinem Hotelzimmer! Schon das ein Ereignis ersten Ranges, ein Bürgermeister auf meinem Zimmer.

Er wand sich nicht weniger als die beiden Gauner, die ich am Vormittag vernommen und dann zum Teufel geschickt hatte.

Ich bot ihm an, Kaffee oder Weinbrand kommen zu lassen. Er bat um Cognac.

»Sie erinnern sich an das Taschentuch mit dem ›A‹, Herr Braun, das damals beim Kopf des Opfers im Graben gefunden wurde?«

»Ja. Selbstverständlich. Bischoff hat es untersucht. Reste von geronnenem Blut daran. Wie kommen Sie jetzt darauf?«

»Sie wissen, wir hatten unverzüglich eine Suchanzeige aufgegeben.«

»Hat sich jemand gemeldet?«

»N-nein, das nicht.«

Es klopfte an der Tür. Der Hoteldiener verschlang den Bürgermeister mit Blicken, während er die Flasche mit dem Cognac und die Gläser auf dem kleinen runden Tisch abstellte. Wir schwiegen, bis er endlich wieder hinausgeschlichen war. Ich ging ihm nach und kontrollierte, ob er nicht etwa an der Tür horchte, was ihm zuzutrauen ist.

Zurück im Zimmer, starrte ich Deditius an.

»Nun, und, Herr Bürgermeister?«

Er seufzte, stöhnte beinahe.

»Ich fürchte, Inspektor, ich weiß inzwischen, wem das Taschentuch gehört.«

»Sie *fürchten*, Herr Deditius? – Aber wem denn, um Gotts Willen?!«

Das Ganze klang wie ein schlechter Scherz. Ich schenkte ihm Cognac ein. Er fasste sich, machte aber noch immer ein Gesicht, als wäre seine eigene Frau die Besitzerin des Taschentuchs.

Das traf es nicht ganz.

Gestern Abend habe er eine kleine Gesellschaft gegeben, verschiedene durch und durch ehrenhafte Gäste, ein Rechtsanwalt, ein Arzt, der Apotheker, zwei Lehrer und ihre Gattinnen seien zu Gast gewesen.

»Außerdem Dr. Rohde, der Schulinspektor, und seine Gattin.«

Er stockte.

»Ja?«

»Unser Hausmädchen fand nach der Gesellschaft am Platz der Frau Rohde ein Damentaschentuch mit einem gestickten Monogramm in der Mitte und zeigte es meiner Frau.«

Er ließ seine Linke in der Jacketttasche verschwinden und zog sie mit zerknirschter Miene wieder hervor. In der Hand hielt er ein blütenweißes Taschentuch und breitete es sorgsam auf meinem Schreibtisch aus.

Es trug ein rotes besticktes ›A‹ als Monogramm in der Mitte.

»Meine Frau erkannte natürlich sofort die Ähnlichkeit zu dem bei Winters Kopf gefundenen Taschentuch, nach dessen Herkunft wir seit Wochen suchen, und zeigte es mir. Ein Irrtum scheint mir ganz ausgeschlossen, schauen Sie, Braun, die gleiche Machart, dasselbe Monogramm in der Mitte.«

»Wie heißt denn Ihre Frau Rohde mit Vornamen, Herr Bürgermeister?«

»Auguste. Auguste Rohde heißt sie.«

Er zog beunruhigt die Brauen hoch und senkte die Stirn in seiner typischen, etwas deprimiert wirkenden Weise. Dann hob er das Kinn wieder und sah mich geradezu trotzig an.

»Eine Verwicklung, Herr Braun, von Auguste Rohde in diesen abscheulichen Mordfall ist natürlich ganz ausgeschlossen. Undenkbar. Schon das Gerücht gäbe einen Skandal.«

Zumal dann auch ihr Mann, der Schulinspektor, involviert wäre. Und wer weiß, wer noch aus der besseren Gesellschaft. Ich verstand.

»Darauf kann, nein, darf ich keine Rücksicht nehmen, Herr Bürgermeister. Ich muss mit Frau Rohde sprechen, das werden Sie einsehen. Ich werde die Frau ins Präsidium bitten.«

»Aber das ist ganz unmöglich, Herr Braun. Frau Rohde – ich verbürge mich für sie!«

»Da Beweisstücke nicht zu den Zeugen kommen, Herr Deditius, sondern umgekehrt, werde ich Ihrem Gesellschaftsgast den Canossa-Gang nicht ersparen können.«

Das sah er ein oder nicht, er musste es akzeptieren. Immerhin hatte er selbst den Stein ins Rollen gebracht, indem er mir das Beweisstück persönlich aufs Zimmer getragen hat – was angesichts der Präsenz der Staatsbürgerzeitung und des obskuren Komitees im Hotel Kühn denn doch reichlich riskant war.

Aber davon abgesehen: was für ein Glücksfall, wie er vielleicht nur einmal im Leben eines Polizisten vorkommt.

Das Schicksal spielt mit, Trud, das ist die Wende, ich prophezeie es dir!

Wie soll ich sie dir beschreiben, die Frau Schulinspektorin? Ihr Österreicher würdet sagen, eine schieche Person. Ende dreißig, dunkles volles Haar, schmales Gesicht, braune Augen und im Übrigen mager wie eine Ziege. Beyer wusste (und hat es mir schadenfroh gesteckt), dass Auguste Rohde keineswegs beliebt ist im Städtchen, sie gilt als hochnäsig und spitzzüngig.

Doch mir vis-à-vis auf dem Präsidium war sie kalkbleich im Gesicht und zitterte.

Ich zeigte ihr zuerst das Taschentuch, das sie bei Deditius im Salon vergessen hatte.

Sie erkannte es sogleich als ihres.

Als Nächstes legte ich ihr das in vier Teile zerrissene, blutverschmierte Pendant dazu vor, das man neben Ernst Winters Kopf gefunden hatte.

Ihr wurde schlecht, sie wich davor zurück wie vor der Leiche selbst. Dann aber trank sie einen Schluck

Wasser, atmete zweimal tief durch und bestritt auf meine Frage hin rundweg, dass dieses Taschentuch ebenfalls ihr gehöre.

»Mit Verlaub, Frau Rohde, es sieht aber genau gleich aus.«

»Das tut es nicht, mein Herr.«

Ich machte sie darauf aufmerksam, dass es nicht gerade glaubwürdig wäre, zu bestreiten, was doch offensichtlich sei.

»Ich habe mit dieser Sache nichts zu tun.«

»Frau Rohde, sind Sie sich darüber im Klaren, dass ich andere, zum Beispiel Ihr Dienstpersonal oder Ihren Ehemann, bitten muss, das Tuch als Ihres zu identifizieren, wenn Sie es abstreiten?«

Sie biss sich auf die Lippe und überlegte eine Weile. Dann reckte sie ihren Hühnerhals, warf einen demonstrativ angewiderten Blick auf das blutige Tuch und nickte.

»Es dürfte meines sein. Ich erkenne es jetzt. Ich besticke meine Tücher zum Zeitvertreib selbst, auf eine ganz charakteristische Weise immer genau in der Mitte.«

Sie hatte noch mehr dazu zu sagen.

»Leider habe ich die Angewohnheit, sie versehentlich liegen zu lassen, hier und da.«

Sie hinterlässt gewissermaßen ihre Duftmarke, hier und da.

»So wie ich das Tüchlein neulich bei Deditius' vergessen habe.«

»Und das hier?«

Ich wies mit dem Finger auf die blutigen Tuchfetzen. Ich sah, wie ihr beinahe wieder die Sinne schwanden. Doch ich reichte ihr nicht das Glas Wasser, sie griff selbst danach wie eine Verdurstende.

»*Wie*, Frau Rohde! Wie kommt Ihr Taschentuch zum Kopf des ermordeten Ernst Winter?«

»Herrgott, woher soll ich das wissen?«

»Kannten Sie ihn?«

»Aber nein! Woher denn?«

»Ihr Mann ist Schulinspektor, Ernst Winter war Schüler. Ein sehr … reifer Schüler, groß, breitschultrig, gut aussehend und vor allem jung.«

»Was unterstellen Sie … das ist wirklich ungeheuerlich. Ich werde …«

Sie machte Anstalten, aufzustehen.

»Ich unterstelle gar nichts, Frau Rohde. Aber wenn Sie jetzt gehen, werde ich eine ganz offizielle Untersuchung gegen Sie als Verdächtige einleiten müssen. Was sich durch Ihre Kooperation als *Zeugin* leicht vermeiden ließe.«

Sie brauchte nicht lange zu überlegen und blieb sitzen. Wütend und ängstlich.

»Noch einmal, Frau Rohde, wie kommt Ihr Taschentuch zu Ernst Winter?«

Sie räusperte sich ein paar Mal und fing sich wieder. Ein zäher Charakter.

»Dafür kann es eine ganz einfache Erklärung geben. Vermutlich habe ich es irgendwo vergessen. Jemand hat es an sich genommen, und so hat es, auf verschlungenen Pfaden quasi, seinen Weg zu dem … unglücklichen … jungen Menschen gefunden.«

Ich beugte mich jetzt tief über sie. Ihre kleine fest verschnürte Brust hob und senkte sich aufgeregt, sie schwitzte, wagte aber nicht, ein weiteres ihrer bestickten Taschentücher zu benutzen, obwohl es natürlich in ihrem Ärmel steckte und vorwitzig darunter hervorschaute.

»Wenn es so war, wie Sie vermuten, Frau Rohde, warum haben Sie dann nicht der Aufforderung der Polizei Folge geleistet, sich umgehend zu melden? Oder wollen Sie behaupten, Sie hätten die Annonce der Polizei in der Konitzer Zeitung übersehen? Darin war das Taschentuch – *Ihr* Taschentuch, Frau Rohde! – genau beschrieben. Ganz Konitz spricht von dem Mordfall und seit der Suchanzeige sicherlich auch über dieses Tuch.«

Das sorgsam gepuderte Gesichtchen der Rohde nahm auf einmal einen entschlossenen Ausdruck an. Sie saß nun sehr aufrecht und steif auf ihrem harten Stuhl.

»Ja, man spricht über den Mordfall in Konitz, mein Herr, jeden Tag, zu jeder Stunde, über jedes Detail. Und zwar in einer ganz bestimmten Weise. Die sich Ihnen aber offenbar nicht erschließt. – Warum hätte ich mich auf die Annonce hin zu dem Tuch bekennen sollen, Inspektor? Es steht doch ohnedies fest, dass es die Juden waren, die den armen Jungen umgebracht haben. Die ganze Stadt weiß es. Auch der Staatsanwalt glaubt es, er hat es meinem Mann gegenüber kürzlich selbst bekräftigt. Nur *Sie* wollen es nicht wahrhaben. Aber Sie sind ja auch fremd hier, vollkommen ahnungslos, was die hiesigen Verhältnisse betrifft. Es tut mir sehr leid, das gegenüber einem Vertreter von Recht und Ordnung im Staate feststellen zu müssen.«

Sie sagte das beinahe gönnerhaft, mit herablassender Kälte.

Ich war sekundenlang fassungslos. Nicht wegen der geradezu beiläufigen Beleidigung meiner Person. Sondern über das, was sie vorher gesagt hatte.

»Die *Juden*, Frau Rohde, sind schuld am Tod von Ernst Winter?«

»Ja, allerdings. Nur der Unfähigkeit der Polizei aus Berlin und unserem jüdisch versippten Herrn Bürgermeister ist es zu verdanken, dass noch niemand von denen überführt wurde.«

Ich trat einen Schritt von ihr zurück und straffte meinen Rücken, gewissermaßen ganz Preuße in dieser Situation.

»Sie können gehen, Frau Rohde.«

Was sie denn auch unverzüglich tat, erhobenen Hauptes, sie hielt die Schlacht für gewonnen, das tut ihresgleichen immer im Glauben, es mit einem Lakaien zu tun zu haben.

Deditius fegte gleich darauf herein, es hätte mich nicht gewundert, wenn er Schaum vor dem Mund gehabt hätte. Seiner graugrünen Gesichtsfarbe nach zu urteilen muss er nun fürchten, als schlimmster Verräter an seiner Kaste in die Annalen der Stadt einzugehen.

»Was versprechen Sie sich davon, Braun? Denken Sie denn, eine Rohde würde sich mit einem … einem Gymnasiasten auf irgendetwas eingelassen haben?«

»Wäre weiß Gott nicht das erste Mal, Herr Bürgermeister.«

»Bei Ihnen in Berlin vielleicht. Aber doch nicht hier, in unserem Konitz.«

Mir riss nun endgültig die Hutschnur.

»Hörn Sie mir doch auf mit *Ihrem* Konitz, Herr Bürgermeister! Hier, in *Ihrem* Konitz, ist Ernst Winter ermordet und zerstückelt worden. Nicht in Berlin, nicht in Hamburg, nicht sonst wo im Reich.«

»Aber demnach müsste ja Schulinspektor Rohde selbst der Täter sein.«

»Nicht müsste. Sondern könnte.«

»Braun, das ist absurd, das müssen Sie doch zugeben.«

Ich gab gar nichts zu.

Und *er* gab nicht nach. Durch meine Recherchen drohe nicht nur die Familie Rohde zum Gespött der Stadt zu werden, sondern alle anständigen Bürger würden dadurch beleidigt.

Da steckte ich ihm dann, wie die anständige Frau Rohde umgekehrt von ihm und der ›jüdischen Sippschaft‹ seiner Frau denkt.

Endlich schwieg er. Und verließ mit hängenden Schultern den Raum.

Mit dem feinen Herrn Schulinspektor gesprochen, hier in meinem Büro.

Schon die Vorladung ließ ihn vor Wut schäumen. Die ganze Stadt mache sich über ihn und seine Gattin lustig. Das sei allein meine Schuld. Ob ich denn von allen guten Geistern verlassen sei, anzunehmen, seine Frau und Winter hätten in irgendeiner Weise in Verbindung gestanden? Und welche Rolle ich ihm in dieser unsäglichen, lächerlichen Ménage-à-troi denn eigentlich zuschriebe, wie?

Ich sah ihn da sitzen, einen mageren Mann von Anfang fünfzig, mit leichenbitterem Gesicht und kleinen weißen Händen, die bestenfalls einen Anzug knöpfen können, aber keinem starken jungen Mann das Gesicht ins Kopfkissen pressen, bis er tot ist. Nicht einmal vor Wut, wenn er ihn in flagranti mit seiner Frau im Ehebett überrascht hätte.

Ich ließ ihn noch eine Weile sein Gift verspritzen und dann gehen. Ich hatte kaum zehn Worte an ihn richten können.

Dennoch muss Frau Rohdes Tuch auf irgendeinem Weg zu Ernst Winter gelangt sein. Oder zu seinem Mörder. Auf *welchem*?

Inzwischen habe ich auch das etwas ältlich wirkende Hausmädchen der Rohdes verhört. Vollkommen verschüchtert. Kaum ein Wort aus ihr herauszubekommen, weiß nichts und will auch nichts wissen.

Heute Nachmittag dann aber etwas Unerwartetes: Der fünfzehnjährige Sohn der Rohdes erschien in meinem Büro, suchte offensichtlich den Ruf der Mutter zu retten.

Rohde junior tischte mir eine hübsche Geschichte auf, wie das Taschentuch der Mutter am Ende »ganz einfach« zu Ernst Winter gelangt sein könnte.

»Ich hatte mir vor paar Monaten mal eines von Mutters Tüchern ausgeliehen. Ich hatte Schnupfen. Sie hatte es mal wieder auf dem Tisch im Esszimmer liegen lassen. Aber dann habe ich es selbst vergessen, in der Schule.«

Er machte ein schlaues Gesicht und raunte, als ich gelangweilt schwieg, er könne sich schon denken, wer das Tuch in der Schule gefunden und an sich genommen hätte.

»Nämlich?«

»Selma Tuchler oder Meta Caspari.«

Ein feines Früchtchen, stolzer Spross seiner sympathischen Eltern.

»Wie kommst du auf die beiden Mädchen?«

»Mit denen hatte es doch der Winter.«

»Wer sagt das?«

»Alle sagen das. Auch unser Hausmädchen, die Christine, glaubt das.«

»So, sie glaubt.«

»Ja. Sie war bis vor Kurzem doch bei Rudolfs in Stellung.«

Er sah mich lauernd an.

»Das ist gleich neben dem Haus von Tuchlers, gegenüber der Katholischen Kirche.«

Schlagartig wurde mir eine schlimme Nachlässigkeit bewusst! Im Grunde unverzeihlich.

»Sag mal, Junge, wer war *vor* Christine das Mädchen in eurem Haushalt? Und bis wann genau?«

Er wurde plötzlich rot.

»Das war … Elise.«

»Elise wie?«

»Elise Freitag. Sie arbeitet jetzt bei Rudolf.«

»Du meinst dieselbe Familie Rudolf, bei der euer derzeitiges Mädchen, die Christine, zuvor …?«

»J-ja, das heißt, der alte Rudolf wohnt jetzt ganz allein in der Danziger. Sagt Christine … also unser jetziges Mädchen.«

Wie konnte mir das passieren, Trud? Ich hatte das früh verwelkte Hausmädchen der Rohdes in dem naiven Glauben vernommen, sie wäre schon seit Jahren, vielleicht Jahrzehnten bei ihnen in Stellung. Ich hatte sie nur nach ihrem Alter (38) gefragt, nicht danach, wann sie die Stelle angetreten hätte. Aber das ältliche Mädchen – diese Christine sieht wahrhaftig gelb und schlaff aus wie eine Zimmerpflanze, die man zu gießen vergessen hat –, sie hatte vorher jahrelang dem Schulkollegen des alten Rohde gedient, Gymnasiallehrer Rudolf, mittlerweile pensioniert und seit Kurzem verwitwet.

Wenn du nun aber das frische rotwangige junge Ding sehen könntest, Trud, das im ›Mägdetausch‹ mit Christine heute in Rudolfs Haushalt arbeitet, du würdest wie ich denken, dass die hübsche Elise den Eltern Rohde denn doch zu gefährlich erschien für den stimmbrüchigen Sohn auf der Schwelle zum Mannwerden.

Rudolf ist ein umgänglicher (wenn auch fast tauber) alter Herr, der nichts dagegen hatte, dass ich sein Mädchen gleich in der Wohnung befragte. Ich brüllte ihm die Versicherung ins Ohr, dass Elise nur als Zeugin, nicht als Verdächtige vernommen werde, das reichte ihm aus.

Elise Freitag ist weiß Gott von anderem Kaliber als die meisten ihres Standes, die ich in Konitz bislang kennengelernt habe. Mehr der kecke Berliner Charakter, obwohl sie gebürtig aus einem Dorf der Gegend stammt. Das Mädchen erinnerte sich sehr gut daran, dass Frau Rohde, der sie sich offensichtlich nicht mehr verpflichtet fühlt, ihre bestickten Taschentücher häufig vergaß und irgendwo liegen ließ. Doch sie fanden sich meist wieder ein, wurden ihr entweder eigens zurückgebracht oder beim nächsten Besuch freundlich in die Hand gedrückt.

Kurz nach Weihnachten aber, wenige Tage vor Elises Stellungswechsel zum alten Rudolf, hatte das Mädchen ihre Herrin auf Einkäufen begleitet. Nach Hause zurückgekehrt vermisste Frau Rohde mal wieder ihr Taschentuch. Sie hatte zuletzt in der Fleischerei Hoffmann eingekauft, wo die Rohde Stammkundin ist. Elise vermutet daher, ihre frühere Herrin hätte sicher auch davor schon manches Tuch in Hoffmanns Laden vergessen, ohne dass sie es hinterher gemerkt hätte.

Aber diesmal fiel ihr der Verlust sogleich auf, und so eilte das Mädchen zurück zu Hoffmanns Fleischerei. Doch das Taschentuch war schon nicht mehr aufzufinden.

»Vielleicht war es in irgendeine Ecke geworfen und fortgeräumt worden. Oder jemand hat es an sich genommen. Aber Frau Rohde *musste* es dort vergessen haben.«

»Woher willst du das so genau wissen, Mädchen?«

»Unterwegs benutzte sie niemals ihr Taschentuch. Nur sobald sie irgendwo eintrat, zu Besuch oder zum Einkaufen und so.«

Ich wurde misstrauisch.

»Sag, Elise, wie kommt es, dass du dich so gut an den Vorfall erinnerst, Frau Rohde selbst aber nicht?«

»Frau Rohde …«

Sie blickte mich scheu fragend an.

»Das bleibt unter uns, Mädchen. Versprochen.«

»Es war so. Frau Rohde konnte zwar sehr böse werden, wenn sie eines ihrer Tücher, also die mit dem ›A‹, verloren hatte. Sie schimpfte dann mit mir oder den anderen Mädchen, *wir* hätten es genommen, wir müssten ihr den Verlust bezahlen, sie würde es von unserem Lohn abziehen.«

Na, das traue ich dem Satansbraten wahrhaftig zu!

»Aber sie ist doch ziemlich … na, schusselig.«

Sie kicherte.

»Und sie vergaß sogar ihre Vergesslichkeit schnell wieder.«

Oder tat wenigstens so.

»Bis sie das nächste Tuch vermisste.«

Ein permanenter ungerechter Tadel wegen der vermaledeiten Taschentücher der Herrin hing so über dem Dienstpersonal. Solche Anlässe vergisst man in der Tat nicht so leicht, wenn die Stellung davon abhängt.

Inzwischen konnte Elise aber darüber lachen. Ihr Kichern, du hättest es sehen müssen, ein kleines bezauberndes Lachen, das mich so sehr an dich erinnerte, dass ich dachte, wenn wir eine Tochter hätten haben können, dann wäre das ein solches Lachen gewesen.

Die Tuch-Affäre steht jetzt natürlich in einem ganz neuen Licht da.

Die Spur führt von Frau Rohde direkt zum Laden des Schlachtermeisters Hoffmann! Der bereits ganz zu Anfang der Ermittlungen in Verdacht stand.

Schlachter Hoffmann hat eine Tochter, ihr Name ist Anna.

Sie soll, wie wir schon wissen, mit dem schönen Ernst Winter poussiert haben.

Was sie pflichtgemäß abstreitet.

Noch tut sie es.

Um ihren Vater zu schützen, den gestrengen Hausherrn? Der womöglich cholerisch genug veranlagt ist für einen Totschlag im Affekt, wenn es um die Ehre und Unschuld seiner Tochter geht.

In jedem Fall hat Hoffmann Kenntnis, wie ein toter Körper rasch zerlegt werden kann – zur Not auch ein menschlicher.

Vielleicht hat dem Mädchen das edle Damentaschentuch der Rohde mit dem schönen roten ›A‹ als Monogramm in der Mitte einfach gut gefallen. So gut, dass sie es, zufällig im Laden gefunden, reflexartig an sich genommen hat und nicht mehr hergeben mochte. – Um es später Ernst Winter zu schenken, als kleine, zarte, wenn auch erschwindelte Liebesgabe? Für einen schneidigen starken Burschen immerhin, den sicher viele Mädchen gern zum ›Schatz‹ gehabt hätten. Was die Eitelkeit des Mädchens noch beflügelt haben dürfte. Und vielleicht auch die Lust am Übertreten des Verbots, die wir doch *alle* kennen.

Den Tag über habe ich den Fall. Aber in der Nacht? Friere im Bett unter einem Berg aus Kissen und Decken. Kalter Schweiß.

Die bösen Bilder steigen wieder auf.

Jener Abend geht mir durch den Kopf, als wir uns gegenübersaßen, beim Nachtessen in der Küche, und an deiner Hand fehlte der Ring.

Kein Wort ist vergessen, alles ist wie eingebrannt in mein Gedächtnis.

Wo ist der Ring, Trud? Dein *Ehering*?

Hab ihn verschenkt, Johann.

Verschenkt, Trud? An wen?

Dein trauriges Schweigen.

Was hast du getan, Trud?

Dachte, ich verliere den Boden unter den Füßen, nicht sprichwörtlich, sondern wirklich, augenblicklich.

Die Wahrheit, Johann, erkennt man doch immer zu spät. Welche Wahrheit, zum Teufel?

Dass alles falsch war. So feige und verlogen, in Wahrheit schändlich, wie ich alles weggeworfen habe, was doch einmal mein Leben war.

Am Ende hast du auch uns weggeworfen, unsere Ehe. Mich. Als würde ein Verlust den anderen tilgen.

Schlechte Nachricht aus Berlin. Dieterici, du weißt, er ist der Dirigent der Hauptstadt-Kripo, lehnt es nun doch ab, Wehn noch einmal nach Konitz zu schicken, er bekomme in Berlin eine neue Chance. Von mir erwarte man, dass ich den Fall auch ohne ihn zügig zum Abschluss bringe.

Worauf ich nun glücklicherweise mit deutlich gestärkter Hoffnung antworten konnte. Maubach, hohes Tier im Innenministerium, signalisiert mir außerdem auf meine Nachfrage hin volle Unterstützung vonseiten der Regierung für »alle notwendigen Maßnahmen«.

Das soll mir trotz der ärgerlichen Wehn-Absage vorerst als Rückenwind reichen. Nun muss Beyer als sein Ersatz und Notnagel herhalten. Wer weiß, wozu's gut ist, er schöpft immer mehr Vertrauen zu mir und entpuppt sich auch als sprudelnde Quelle, was Interna der anfänglichen Ermittlungen im Fall Winter anbetrifft.

Ich fragte ihn wie nebenbei nach der Hausdurchsuchung, die unmittelbar nach den ersten Funden von Leichenteilen beim Schlachtermeister Hoffmann durchgeführt worden war.

»Waren Sie dabei, Beyer?«

Er nickte leutselig.

»Soviel ich weiß hat Staatsanwalt Settegast die Untersuchung nicht persönlich geleitet?«

»N-nein, nein, hat er nicht. Herr Staatsanwalt hatte zu tun.«

»Irgendein Kommissar mit im Einsatz gewesen?«

»Nein. Nein. Ich war damals Ranghöchster unter den Beamten bei dem Einsatz. Und es war ja doch nichts zu finden beim Hoffmann. Natürlich nicht!«

»Wie meinen Sie das?«

Er sah mich erstaunt an.

»Aber Hoffmann ist doch Obermeister der Fleischerinnung hier in Konitz. Und außerdem Mitglied im Stadtrat.«

»Nun und?«

»Wir haben – das heißt ich persönlich habe mit Hoffmann in seinem Hause gesprochen. Sehr ernst.«

»Gesprochen. Und weiter?«

»Na, nichts weiter. Man durchwühlt doch nicht auf bloßen Verdacht hin Haus und Hof und sämtliche Räume ehrbarer Leute.«

Das wäre nun aber der eigentliche Zweck der Durchsuchung gewesen.

»Sondern?«

»Sondern … Na, ich habe mir versichern lassen, vom Hoffmann persönlich, dass wirklich nichts Verdächtiges oder Belastendes von seiner Seite aus zu vermelden ist. Und hernach hat ihn Herr Staatsanwalt noch unter Eid genommen. Alle Verdächte waren ja damit ausgeräumt.«

Alle Verdächte ausgeräumt, in der Tat. Und zwar von Polizei und Justiz in trauter Eintracht mit dem Tatverdächtigen.

Ich mache Beyer keinen Vorwurf, er ist die Arglosigkeit in Person (wenn es nicht gerade um ›Urninge‹ geht) und hat nicht die Position und Autorität, um Hausdurchsuchungen bei Personen durchzuführen, die gesellschaftlich weit über ihm stehen.

Aber Settegast, diesem sogenannten Staatsanwalt, müsste das Handwerk gelegt werden!

Du kennst mein Vorgehen in solchen Fällen, Trud: vor dem eigentlichen Verhör das Umfeld ergründen. Die Nachbarn befragen, das Personal ansprechen (unauffällig, außerhalb des Hauses), in der Kneipe um die Ecke das Gespräch auf das Thema lenken. Et cetera.

Hoffmann, so viel steht nach Meinung aller, die ihn kennen, fest, ist ein äußerst sittenstrenger Vater und ein ebenso gestrenger Lehrherr. Vom Glauben her Altlutheraner, eine Ausnahme in Konitz. Wacht eifersüchtig über seine beiden Töchter, Anna, die jüngere, und Martha. Führt mit harter Hand das Regiment über seine Gesellen und Lehrjungen. Die außerdem keine seiner Töchter auch nur ansehen dürfen, geschweige denn mit ihnen reden. Mit Ausnahme eines gewissen Welke, auf ihn komme ich noch …

Es gibt aber Nachbarn, die den Winter mit Anna Hoffmann zusammen gesehen haben wollen: an lauen Abenden, hinterm Haus, in den dunklen Winkeln der Mauergasse.

Und nun stell dir vor, auf wen ich bei meinen Ermittlungen im ›Löwen‹ traf, wo, wenn überhaupt, Hoffmann gelegentlich einkehrt? Den Schiller: Gustav Schiller!

Er war vor einigen Jahren noch einer meiner Agenten im Berliner Kommissariat, bestimmt habe ich ihn hin und wieder erwähnt. Jetzt ist er im Grunde nichts anderes als ein Agent für ein Berliner Revolverblatt. Auch von ihm erfuhr ich (gegen ein wenig Bares) so manches. Am wertvollsten ist mir aber eine Information, deren Bedeutung Schiller selbst gar nicht zu begreifen schien (sonst hätte er den Preis noch höher getrieben), und die eben den erwähnten Welke betrifft, einen von Hoffmanns drei Lehrlingen.

Dieser Wilhelm Welke soll ebenfalls ein Auge auf die kleine Anna Hoffmann geworfen haben, in seinem Fall sogar mit Unterstützung des Meisters, aber dennoch ohne Erfolg bei dem Mädchen.

Wegen des Konkurrenten Winter?

Auffällig ist Folgendes: Welke hat seine Lehre im Frühjahr ’99, also vor anderthalb Jahren begonnen. Sein Gesellenbrief aber wurde ihm von Hoffmann nicht wie üblich erst nach drei Lehrjahren, sondern schon nach gut einem Jahr ausgehändigt. Und zwar unmittelbar nach dem Mord an Ernst Winter! Danach aber ist er ratzfatz verschwunden, zurück nach Danzig, zu seiner Familie, heißt es.

Habe das schnellstens geprüft, wie du dir denken kannst. Und siehe da, die hiesige Innung bestätigt zwar den Gesellenbrief, weist aber jede Verantwortung für die kurze Lehrzeit von sich. Die Entscheidung über den Gesellenbrief liege ganz beim zuständigen Meister, der dazu in Ausnahmefällen, bei außergewöhnlicher Begabung des Lehrlings, durchaus berechtigt sei. Ich fragte, wie oft so etwas schon vorgekommen sei in Konitz. Man konnte sich nicht an einen einzigen anderen Fall erinnern.

Ich ließ daraufhin in Danzig dringlich nach Welkes Verbleib fahnden.

Die Kollegen dort sind mächtig auf dem Quivive. Telegrafierten umgehend das Ergebnis ihres Kontrollbesuchs bei Familie Welke: Wilhelm Welke sei bereits im April nach Amerika ausgewandert. – Nach Amerika!

»Zwischen uns liegt ein Meer, Johann.«

Ein Meer, ein Meer – was sollte das heißen, Trud?

Zum Teufel! Ja, zum Teufel mit allen Meeren!

Hoffmann und Tochter Anna für den Dienstag einbestellt. Schriftlich. Soll mir später kein Anwalt mit Klagen kommen, das Formale habe nicht gestimmt, kenne die Schlawiner doch.

Wie zum Hohn dazu gerade heute wieder ein

Schmierenartikel in der Staatsbürger-Zeitung. Mit einer ›wichtigen Aussage‹.

Nun rate, von wem?

Richtig, von den Rohdes. Und zwar folgendermaßen:

›In der Mordnacht des 11. März verließ das Ehepaar Rohde den Logentempel zusammen mit dem Logenbruder Rudolf Hermann und seiner Gattin. In der Synagoge, keine hundert Meter rechts von ihnen, bemerkten sie flackerndes Licht und die Schatten vielerlei Gestalten. Was taten die Juden um diese Zeit, gegen elf Uhr in der Nacht, in ihrem Tempel? Nicht der Rede wert, wie die mit den Örtlichkeiten nicht vertraute Polizei aus Berlin glaubt? Oder doch eine weitere von vielen ähnlich belastenden Beobachtungen aus dem Volke, dass in jener Nacht eine jüdische Verschwörergruppe zur Schächtung ihres wehrlosen Opfers Ernst Winter im gottlosen Tempel zusammengekommen ist?‹

Ich werde bald die passende Antwort darauf präsentieren. Und wenn mir das gelungen ist, wird die Staatsbürgerzeitung, werden dieser elende Bruhn und seine Bande sogenannter Zeugen einen Prozess wegen Volksverhetzung und Verleumdung an den Hals bekommen, wie sie ihn noch nicht gesehen haben. Dafür werde ich sorgen, darauf kannst du wetten, Trud!

So dicht am Ziel: Hoffmann am Wickel! Aber dann –

Heute früh, den Dienstag, erschien der Schlachtermeister pünktlich wie ein pflichtbewusster Beamter zusammen mit seiner Tochter.

Imposante massige Erscheinung, großer Kerl, streng gescheiteltes Haar, bis in die Spitzen gewichster Schnurrbart.

Die Tochter unsicher im Auftreten und kränklich fahl im Gesicht.

Ich ließ sie trennen und vernahm zuerst den Vater.

Er gab den Gutmütigen, Naiven, wundere sich, so unvermittelt verhört zu werden. Noch dazu mit seiner Tochter, die doch nun mehrfach schon vernommen worden sei. Selbst sein Haus, sein Laden wären bereits durchsucht worden, alles in Ordnung. Und der Staatsanwalt hätte ihn schon vor Wochen unter Eid genommen.

Ich ging gar nicht erst darauf ein. Ließ mir humorlos (und innerlich äußerst angespannt) den Mordtag von ihm schildern.

»Sonntag, der 11. März, Hoffmann, erzählen Sie mir genau, wie Sie den Tag verbracht haben.«

Der Schlachter seinerseits ganz entspannt.

Nun, sie hätten zum Mittag Gäste gehabt, Verwandte, die sie dann in die Kirche, zum Abendmahl, begleitet hätten.

»Uhrzeit?«

»Um drei Uhr. Nach der Messe bin ich dann zu Ziebarth. Ein Kollege, wohnt am Schlochauer Tor.«

»Wie lange blieben Sie dort?«

»Na, bis gegen sechs Uhr werde ich bei ihm gewesen sein.«

»Und danach?«

»Nach Hause.«

»Und dort? Was haben Sie gemacht, als Sie zu Hause waren?«

»Ein Nickerchen. Und um acht gab's Nachtessen.«

»Wer kann das bezeugen?«

»Meine Frau, meine Familie.«

»Was ist mit Ihren Arbeitern? Den zwei Gesellen, den Lehrlingen?«

Jetzt dachte ich, ihn an den Haken zu nehmen.

Er legte sich einen strengen Ausdruck zu.

»Die beiden Lehrjungen kamen erst sehr spät, gegen halb neun, zurück. Ich schickte sie zur Strafe ohne Essen ins Bett. Und Piszek, der Geselle, war zu Hause bei seiner eigenen Familie natürlich. Er wohnt ja nicht mehr bei uns.«

»Was war mit ihrem dritten Lehrjungen, dem Welke? Kam Welke ebenfalls zusammen mit den beiden anderen Spätheimkehrern zurück?«

Er schluckte.

»Wilhelm ... nein. War wohl in seiner Kammer geblieben.«

»Sie wissen es also nicht genau.«

»Nein.«

»Leider können wir ihn nicht mehr selber fragen. Denn er musste ja rasch nach Amerika reisen.«

Er schwieg und kaute auf seiner Unterlippe.

»Wussten Sie von seinen Reiseplänen?«

Schulterzucken, zögerliches Kopfnicken.

Ich schaute zu Beyer hinüber, den ich außer dem

Schreiber, der das Protokoll führte, zum Bleiben genötigt hatte.

»Als Zustimmung vermerken, Beyer: Der Zeuge bejaht die Frage.«

Ich traue im Präsidium nur Beyer noch und will diese Aufgabe keinem anderen Subalternen übertragen.

Ich blickte wieder den Schlachter scharf an.

»Ohne den Gesellenbrief, den Sie Welke großzügig anderthalb Jahre früher als gewöhnlich ausstellten, hätte er wohl kaum so schnell verschwinden können. Auf Nimmerwiedersehen vermutlich.«

»Wilhelm war außerordentlich begabt als Fleischer. Er …«

»Ja?«

Er schüttelte den Kopf und schwieg.

»Zurück zu Ihnen, Hoffmann. Was taten Sie anschließend, nach dem Nachtessen, noch an diesem Abend?«

»Na, ich ging noch Abrechnungen und Bestellungen durch, die Schlachtungen für die nächste Woche und so weiter, wie jeden Sonntagabend. Dann zu Bett.«

»Uhrzeit?«

»Wird gegen zehn gewesen sein. Wie immer.«

»Wo war Ihre Tochter Anna in der ganzen Zeit?«

»An dem Sonntag?«

»Selbstverständlich an dem Sonntag! Darüber reden wir doch, Herr Hoffmann.«

»Anna war am Nachmittag mit uns in der Kirche,

dann bei Ziebarths. Wir alle waren bei Ziebarths zu Besuch, meine ganze Familie.«

»Bis um sechs, auch die Anna?«

»Jawohl.«

»Und danach, wo war sie?«

»In ihrem Zimmer. Das teilt sie mit Martha, meiner Ältesten.«

»Die das bezeugen wird?«

Er zögerte einen Moment.

»Selbstverständlich.«

Ich schickte ihn hinaus und ließ die Tochter hereinkommen.

Sie glitt wie in einer Welle auf den harten Stuhl, faltete die Hände wie beim Beten und erwartete bang meine Fragen.

Ihre Antworten klangen zurechtgelegt, wie aufgesagt. Kirchgang, Ziebarth-Besuch, so um halb sechs das Haus der Ziebarths verlassen. Danach auf ihrem Zimmer geblieben.

Nachdem ich sie scharf angeblickt und ermahnt hatte, nur ja die Wahrheit zu sagen, da sie sich sonst strafbar mache, gestand sie überraschend: Sie sei allein gewesen, da ihre Schwester Martha fortgegangen sei. Mit ihrem Verlobten, dem Julius Lehmann.

Beyer wusste später, dass es sich bei dem Herrn um denselben Lehmann handelte, der seit Kurzem neuer Herausgeber des örtlichen Käseblatts ist. Eine Allianz, die gewiss ihre Vorteile hat, jetzt aber den Nachteil besitzt, dass Anna Hoffmann für die Zeit nach dem

Ziebarth-Besuch eben doch keine Zeugin vorweisen kann. Nicht mal die eigene Schwester.

Ich konfrontierte das Mädchen mit den Beobachtungen von Nachbarn aus der Danziger Straße, von Mitschülern und anderen:

»Anders, als du es dem Bürgermeister und dann auch mir dargestellt hast, Anna, musst du Ernst Winter sehr wohl gut gekannt haben.«

»Warum das denn?«

»Er hat dich begleitet, bei Einkäufen, beim Spazierengehen, ihr habt hier und da zusammengestanden, du sollst ihm sogar Postkarten geschickt haben.«

»Das stimmt nicht.«

Ich legte ihr das Taschentuch der Rohde vor (gegen ihren Protest als Beweisstück konfisziert!).

»Schon mal gesehen, Anna, dieses Tuch?«

Sie schüttelte den Kopf mit heftigen kleinen Bewegungen.

»Schau mal das schöne rote ›A‹ in der Mitte. Wirklich noch nie gesehen?«

»Möglich, dass es …«

»Ja?«

»Möglich, dass es der Frau Rohde gehört. Sie hat so welche. Glaube ich.«

Sie wusste es nur zu genau. Wurde totenblass, schwitzte, ich spürte, sie würde bald umfallen. Und ich gebe zu, mich packte auf einmal das alte Jagdfieber! Während der ganzen Zeit in diesem verschworenen Nest hatte und hatte es sich nicht einstellen wollen. Aber jetzt!

Denn bis zu diesem Punkt der Vernehmung war immerhin Folgendes festzuhalten: Hoffmanns Alibi wies eine Lücke zwischen sechs und halb neun und eine weitere ab etwa zehn Uhr an jenem Abend auf, wenn man die Familienangehörigen als Zeugen nicht berücksichtigt.

In der Zeit zwischen sechs und acht konnte Anna Hoffmann sehr wohl ein Stelldichein mit dem eben erst in die Stadt zurückgekehrten Winter gehabt haben; unten am See mit ihm verabredet, in dem Schuppen ihres Vaters. Der aber schlief vielleicht gar nicht, war längst misstrauisch geworden, kam also keineswegs zufällig hinzu. Zusammen mit dem Lehrjungen Welke, der Anna mit Unterstützung des Vaters vergeblich den Hof machte.

Sie erwischen also den verhassten Kerl in flagranti mit dem Mädchen, nach vollendetem Liebesakt, eben in diesem Moment erst fertig geworden. Hoffmann treibt die Tochter hinaus, packt den Jungen, außer sich vor Wut, und als der versucht, zu schreien, aus Angst oder vielleicht auch, um das Mädchen zurückzurufen, presst der außer sich geratene Vater ihm mit einem Schal, den die Tochter vielleicht zurückgelassen hat, oder mit einem Tuch, das sein Gehilfe zur Hand hat oder gar mit der bloßen Schlachterhand, kräftig genug ist der große Mann ja, Mund und Nase zu. Und erstickt ihn auf diese Weise.

Eine Tat im Zorn, im Affekt, in höchster Erregung, nicht geplant, nicht heimtückisch, das nicht. Aber jetzt, da das Schreckliche nun mal geschehen ist, muss die Leiche fort.

Zusammen mit Welke zerlegt er noch in der Nacht fachmännisch den toten Körper, verpackt und verschnürt die Leichenteile mit dem Material von Plath, das womöglich schon früher auf Umwegen zu ihm gekommen ist. – So verkehrt war der Verdacht des Schneiders vielleicht nicht, dass sein Material die Runde gemacht hatte, freilich war der letzte Adressat nicht Schlachter Lewy, sondern sein Nachbar Hoffmann.

Im Schutz der Dunkelheit dann werfen Meister und Lehrling die ersten Leichenteile in den See. Doch sie begreifen, dass es zu riskant wäre, noch mehrmals mit verdächtig aussehenden Paketen zwischen See und Schuppen hin und her zu gehen. Vielleicht wurden sie auch gestört von einem nächtlichen Passanten, einem Betrunkenen oder Obdachlosen, der um Schuppen und See herumstrich. Also lagern sie die restlichen Teile vorerst in Hoffmanns Eiskeller, um sie später zu entsorgen.

Welke, der entweder Mittäter oder nur bei der Entsorgung der Leiche behilflich war, bekommt seinen vorzeitigen Gesellenbrief, reichlich Geld dazu und verschwindet auf Nimmerwiedersehen nach Amerika.

So könnte es gewesen sein.

Mit diesem Ablauf der Tat, den ich im Geiste durchspielte, schickte ich die Tochter wieder hinaus. Ich fasste den Entschluss, Hoffmann zu überrumpeln, indem ich ihm vorgaukelte, Anna sei geständig: Sie habe ihn und den flüchtigen Welke schwer belastet, weil sie den Winter nun einmal geliebt hätte. In der Art etwa.

Aber dazu kam es nicht mehr.

Vom Marktplatz her drangen auf einmal Rufe und Fetzen aufgeregter Stimmen herauf. Und auch auf dem Flur entstand plötzlich Lärm. Wütende laute Stimmen waren zu vernehmen, und im nächsten Moment platzte auch schon Settegast, der Staatsanwalt, herein, mit aufgewühltem Gesicht, als sei ihm der Teufel selbst über den Weg gelaufen.

Viel anders war es dann auch nicht.

»Herr Staatsanwalt!«

»Wissen Sie eigentlich, Braun, was in dieser Stadt vor sich geht, während Sie hier unbescholtene Konitzer Bürger in die Mangel nehmen?«

Was sollte nun das wieder bedeuten?

»Ich darf Sie daran erinnern, Herr Staatsanwalt, dass Sie selbst Hoffmann schon am Wickel hatten. Lange vor mir.«

Dilettant, der er war.

Er winkte verärgert ab.

»Draußen auf dem Flur wartet eine Abordnung besorgter und empörter Bürger, die mich um Hilfe gebeten haben.«

»Was hat das mit meiner Vernehmung zu tun? Wissen *Sie* eigentlich, dass Sie mich in einer sehr wichtigen Phase des Verhörs stören, Herr Staatsanwalt?«

Er stampfte wütend zum Fenster und winkte mich herbei wie einen Hund.

»Schaun Sie, Braun. Schaun Sie nur!«

Ich folgte widerwillig seinem Wink und warf aus dem Fenster im zweiten Stock des Rathauses einen Blick auf den Marktplatz unten. Dort hatte sich inzwischen eine Menge von vielleicht zweihundert Menschen versammelt. Personen jeden Alters, selbst Kinder und Alte waren anwesend, in der Hauptsache aber junge Leute zwischen zwanzig und dreißig. Sie waren sichtlich aufgebracht, fuchtelten mit Armen und Fäusten, manche von ihnen, ich traute meinen Augen kaum, schwenkten Brecheisen und Knüppel, als wollten sie damit das Rathaus stürmen. Eine bewaffnete Bande, die »Juden raus!« skandierte und: »Schlagt die Juden tot!« Ich konnte an ihren vor blindem Hass verzerrten Gesichtern erkennen, dass sie es ernst meinten, jedes Wort.

Vor dem Pöbel hatte sich Deditius aufgebaut. Mit totenbleichem Gesicht versuchte er, die Arme ausgebreitet wie der Heiland, die kochende Volksseele zu beschwichtigen. Ein mutiger Mann, zweifellos.

»Die Leute sind wütend, Braun, weil Sie trotz einer Indizienlage, die inzwischen eindeutig den jüdischen Schächter in Verdacht bringt, stattdessen den christlichen Schlachter verhören.«

»Da Sie von Lewy sprechen, Herr Staatsanwalt, ich kenne keine Indizien, die den jüdischen Schlachter belasten.«

»Dann nehmen Sie jetzt zur Kenntnis, Braun, es hat sich ein Zeuge gemeldet, ein Arbeiter namens Masloff, der Lewy schwer belastet. Ihn und seinen ältesten Sohn.«

»Und dieser Zeuge, Herr Staatsanwalt, wo hat er sich gemeldet, bei Ihnen persönlich?«

Er blickte kalt auf mich herab (ist einen ganzen Kopf größer als ich).

»Masloff hat sich beim Untersuchungskomitee gemeldet. In Kühns Hotel.«

»Beim Untersuchungskomitee.«

»Richtig. Dank Ihrer Arbeit hat das Volk endgültig kein Vertrauen mehr zu Polizei und Justiz. Es wendet sich lieber an das Untersuchungskomitee.«

Ich wusste, dass der Verein mir noch Ärger einbringen würde. Wenn mich nicht alles täuschte, war er in den letzten Tagen sogar dazu übergegangen, im Schankraum von Kühns Hotel Schnaps und Zigarren auszugeben, um weitere Parteigänger zu werben. Würde mich nicht wundern, wenn nun auch Settegast schon Mitglied geworden wäre. So wie (laut Beyer) Schulinspektor Rohde und Gattin. Ich hätte das Treiben von Hofrichter und seinen Gesellen besser im Auge behalten müssen.

Es stellte sich noch heraus, dass natürlich auch Bruhn und die Staatsbürgerzeitung hinter dem Masloff-Coup steckten. Sowie offenbar auch jener Julius Lehmann, der mit Martha Hoffmann, Annas älterer Schwester, frisch Verlobte, seines Zeichens neuer Redaktionsleiter des Konitzer Tageblatts.

So konnte das Komitee mitsamt der Hetzpresse

innerhalb kürzester Zeit eine derart große und aufgepeitschte Menschenmenge auf die Beine bringen.

Ich wandte mich vom Fenster ab, Settegast hielt mich am Ärmel fest.

»Der Zeuge behauptet übrigens, er habe bereits früher vor der Polizei ausgesagt. Sei aber nicht ernst genommen worden.«

Ich entzog ihm ärgerlich den Arm.

»Ich habe nie mit dem Mann gesprochen, Herr Staatsanwalt, und ich bin nicht bereit –«

»Oh doch, Sie sind bereit, den Mann anzuhören, Braun! Masloffs Erstvernehmung geht zwar auf die Kappe Ihres Vorgängers Wehn, wie's scheint. Aber Sie, Braun, sind verflucht noch mal *verpflichtet*, endlich Rücksicht auf die hiesigen Verhältnisse zu nehmen. Sonst geschieht hier ein Unglück unvorstellbaren Ausmaßes! In diesem Punkt bin ich mit dem Bürgermeister übrigens ganz einer Meinung.«

Sein Gesicht war feuerrot geworden, verbissen wie die Gesichter der Meute draußen auf dem Platz.

Ich lenkte ein, was blieb mir übrig.

»Also gut, schicken Sie mir den Masloff herein. Ich will mir nicht nachsagen lassen, ich hätte einen wichtigen Zeugen der Staatsanwaltschaft verhindert.«

Hoch erhobenen Hauptes stolzierte er hinaus, im triumphalen Gefühl seines Sieges über mich.

So musste ich denn wohl oder übel Hoffmann und Tochter wieder ziehen lassen, um mich diesem Masloff zu widmen, damit die schäumende Volksseele und Settegast Ruhe gaben.

Ich bat Beyer, mir Wehns Aktennotizen zu bringen.

»Und machen Sie Hoffmann klar, dass er damit keineswegs aus dem Schneider ist. Ich werde ihn bald wieder vorladen. Mit oder ohne Tochter.«

Der gute Beyer nickte mit düsterer Miene. Auch ihm gefiel die neuerliche Ermittlung gegen Hoffmann also nicht.

»Ist der Zeuge, dieser Masloff, eigentlich schon anwesend?«

»Wartet unten im Foyer, Herr Inspektor. Zusammen mit einem Dutzend Leuten vom Komitee als Beistand.«

»Soll in einer Viertelstunde zu mir hochkommen, vorher nicht.«

Beyer verließ das Zimmer, und ich ging daran, einen Blick in die entsprechende Akte zu werfen.

Masloff. Den Namen erinnerte ich vage, nicht jedoch seine frühere Aussage. Ich fand den Vorgang, ging damit zum Fenster und sah, wie Settegast zusammen mit Hoffmann und Tochter soeben das Rathaus verließen und von der Menge auf dem Platz jubelnd begrüßt wurden.

Deditius, der danebenstand, wurde schlagartig nicht mehr beachtet und zog sich mit hängenden Schultern und gesenkten Hauptes wieder in das Gebäude zurück. Die feiernde Masse zog samt ihrem Märtyrer und seiner Tochter ab Richtung Kühns Hotel.

Ich hatte erwartet, dass Deditius im nächsten Moment eintreten würde, um seinerseits die Lage mit mir zu besprechen, doch er ließ sich nicht blicken. Kein gutes Zeichen.

Ich überflog rasch die Akte. Es stimmte, Wehn hatte Masloff vernommen, ebenso seine Schwiegermutter. Ich erinnerte mich jetzt wieder, sie gelesen und rasch zur Seite gelegt zu haben. Mit gutem Grund.

Stimmen und »Gejapse« aus Lewys Keller wollte Masloff in der Mordnacht gehört haben und Personen, die in der Mauergasse Pakete von hier nach dort transportierten. Hanebüchene Aussagen, alles sehr durchsichtig in der Absicht, zu denunzieren und die in Aussicht gesetzte Belohnung zu kassieren. Leider hatten sie den Schönheitsfehler, dass beide ›Zeugen‹, Masloff und seine Schwiegermutter, dieselbe Geschichte für sich proklamierten. Masloff wollte alles selbst beobachtet haben. Seine Schwiegermutter führte dagegen einen weiteren allerdings namenlosen ›Blutzeugen‹ für die geschilderten Szenen ins Feld. Reichlich viel Betrieb in der schmalen Mauergasse, wenn man bedenkt, wer sich außer den vermeintlichen Tätern auch an Zeugen dort aufgehalten haben sollte. Sie müssen sich beinahe auf den Zehen gestanden haben.

Wehn war weiß Gott kein Vorwurf daraus zu machen, dass er diesen Unsinn schlicht ignorierte. Höchstens daraus, dass er ihn nicht wegen Falschaussage zur Anzeige brachte.

Bald darauf führte Beyer ein wahrhaft abstoßendes Subjekt ins Zimmer, einen kräftigen Mann von Mitte zwanzig, ruckartige Bewegungen des Kopfes, knochiges Gesicht mit flink tentakelnden Augen. Er nahm ungefragt Platz und wähnte sich wohl schon als reichen Mann, der die Zwanzigtausend Belohnung, die inzwischen ausgesetzt worden waren, umgehend würde einstreichen können. Er wollte bereits mit der Neuauflage seiner Aussage beginnen, doch ich stoppte ihn barsch und wies ihn darauf hin, dass ich ihn zuvor unter Eid nehmen werde. Ob er unter diesen Umständen immer noch aussagen wolle?

Er zuckte mit den Achseln und schwor ungerührt auf die Bibel, bezeugt von Beyer, der auf meinen Wink hin im Raum geblieben war, um wie schon bei Hoffmann und Tochter die Aussagen zu bestätigen, damit alles in doppelter Weise seine Ordnung hatte.

»Was haben Sie der Polizei nun also Neues zu berichten, Masloff?«

Es war im Wesentlichen die gleiche Geschichte, die er schon Wehn aufgetischt hatte.

Aber doch nicht ganz.

Nach einem Kneipenbesuch in der Mordnacht sei er auf der Rückseite des Lewyschen Hauses die Mauergasse entlanggegangen und habe beschlossen, vom Hof der Schlachterei ein Stück Fleisch zu stehlen (!). Aus diesem Grund habe er sich ans Hoftor geschlichen, dann aber ein Gewinsel und Gestöhne sowie Stimmen aus dem Keller unterm Laden vernommen. Er versteckt sich also hinter einem Mauervorsprung und wartet in der Dunkelheit. Tatsächlich tritt nach einer gewissen Zeit ein Mann aus dem Tor, Adolph Lewy, gefolgt von zwei weiteren Männern, einer davon der Sohn des alten Lewy, Moritz. Alle zusammen tragen sie ein großes Paket, in Sackleinen eingewickelt. Unter Murmeln und Raunen machen die Männer sich auf den Weg Richtung Synagoge.

Was ich Masloff davon abkaufte, war allein seine Absicht, Fleisch zu stehlen. Aber nicht in dieser Nacht, an diesem Ort.

»Seltsam, Masloff. Bei Ihnen ist es nicht wie bei anderen Zeugen, die sich mit der Zeit an immer weniger Details erinnern. Ihnen fällt anscheinend mehr und mehr ein, je länger der Vorfall zurückliegt.«

Er schwieg und blieb vollkommen gelassen.

»Sagen Sie mir eines, Masloff, woher wissen Sie so genau, dass es sich bei den beiden Männern, die Sie erkannt haben wollen, um Adolph Lewy und seinen Sohn Moritz handelte. Kannten Sie die beiden etwa? Sie waren doch fremd im Ort, wohnten nicht mal in Konitz, wie ich den Akten entnehme.«

Masloff hatte, wie er angegeben hatte, bis zu dieser Zeit in Hohe Höfe, einer Arbeitersiedlung etwas außerhalb von Konitz, gewohnt.

»Doch, Herr, ich hatte meine Arbeit gekündigt und wohnte damals schon seit ein paar Tagen bei der Ross, meiner Schwiegermutter. Von wegen meiner Martha. Meine Frau ist das. Den alten Lewy und seinen Sohn hatte ich zu der Zeit schon gesehen.«

»Haben Sie bei Lewys Fleisch gekauft? Sie haben vorhin zugegeben, es eher zu stehlen, als im Laden zu erstehen und ehrlich zu bezahlen.«

»Meine Martha hatte für Lewys schon gearbeitet. Im Haushalt. Ich hab sie einmal abgeholt dort. Acht Tage vorher, also vor dem Blutmord am Winter. Da hab ich den Alten gesehen und auch den Pincenez-Lewy.«

»Wen haben Sie gesehen?«

»Na, den Alten doch und den Jungen, den mit dem Pincenez auf der Nase.«

Er sprach vom Zwicker, den Moritz Lewy offenbar trägt.

»Und dass Fleisch am Haken hing, hab ich auch gleich gesehen.«

»So. Und beide Lewys wollen Sie nun trotz der Dunkelheit erkannt haben? In der Mauergasse gibt es keine Laternen.«

Er nickte, beugte seinen ganzen Oberkörper vor und ließ seine Augäpfel flink zu den Brauen hoch wandern.

»Mondlicht. Das reichte, um zu sehen.«

»Ich mache Sie darauf aufmerksam, Masloff, dass Sie unter Eid stehen. Wollen Sie wirklich bei Ihrer Aussage bleiben?«

»Will ich.«

Die Antwort kam ohne eine Sekunde Zögern.

Ich blätterte ein wenig in der Akte, ließ das Papier durch meine Hand schnurren und dachte nach. Das Mondlicht würde ihm das Genick brechen. Der Mond hätte schon sehr steil am Himmel stehen müssen, um in die äußerst enge Mauergasse hineinzustrahlen. Beyer, den ich anschließend danach fragte, bestätigte mir, dass der Mond in den Märznächten nur knapp über dem Horizont und sehr tief über dem Mönchsee steht.

In der Mauergasse muss es folglich stockdunkel gewesen sein. Nun, das lässt sich natürlich auch wissenschaftlich noch erhärten. Später.

Ich wandte mich ihm wieder zu.

»Ihre Schwiegermutter, Anna Ross, hat damals ausgesagt, Sie hätten die ganze Geschichte erfunden. In Wahrheit hätte *sie*, die Ross, Ihnen davon erzählt, was ihr zuvor ein Knecht berichtet habe.«

Er winkte unbeeindruckt ab.

»Die Alte lügt. Da können Sie ganz Konitz fragen, sogar meine Frau können Sie fragen, Herr, ihre leibhaftige Tochter, die sagt Ihnen das Gleiche.«

»Warum sollte Ihre Schwiegermutter in diesem Fall lügen?«

»Weil sie von Natur aus verlogen ist.«

»Ich werde gezwungen sein, Ihre Schwiegermutter ebenfalls vorzuladen. Und ich werde auch sie unter Eid nehmen. Wenn sie bei ihrer Aussage bleibt, könnte es Schwierigkeiten für Sie geben, Masloff. Für Sie beide, Ihre Schwiegermutter *und* Sie.«

Ich sah ihn eindringlich an.

»Wollen Sie immer noch bei Ihrer Aussage bleiben? Oder würden Sie nun doch sagen, dass alles ein Irrtum war? In dem Fall wäre ich bereit, das Ganze als eine Art, na sagen wir, Missverständnis zu behandeln und Sie kommen unbeschadet davon. Darauf mein Wort.«

Er schob die Unterlippe vor und schüttelte den Kopf, ruhig und selbstsicher.

»Sie bleiben bei Ihrer Aussage?«

»Ja. Tu ich.«

Ich entließ ihn also und trug Beyer auf, mir nun auch die Ross zu bringen.

»So schnell wie möglich, damit der Spuk ein Ende hat.«

Was jedoch vorerst misslang, da Anna Ross nach Auskunft der Tochter Martha, Masloffs Frau, in irgendeinem Konitzer Haushalt Waschdienst tat, doch wisse sie nicht, wo.

Ich beschloss, die Vernehmung auf den kommenden Tag zu verschieben, eine kleine Mahlzeit einzunehmen und die Lage zu überdenken, bevor ich sie anschließend mit dem Bürgermeister besprechen würde. – Auf Settegast konnte ich für heute verzichten.

Beyer, der mir beim Imbiss Gesellschaft leistete, zeichnete mir lebhaft ein entsprechendes Bild von Masloffs Schwiegermutter Anna Ross.

»Eine Lügnerin vor dem Herrn, Herr Inspektor! Schlägt ihre beiden Töchter. Sie verprügelt Auguste, die ältere, die mit dem Berg verheiratet ist, und genauso Martha, die jüngere, die Frau vom Masloff. Manchmal in aller Öffentlichkeit, jeder weiß das. Die Alte schlägt auch ihren Mann, den Ross, einen Saufbold, sie hat ihn inzwischen hinausgeworfen, glaube ich. Jetzt wohnt sie also mit den Töchtern und den Schwiegersöhnen in einer Wohnung. Aber vor dem Masloff hat sie Angst. Letztes Jahr, kurz vor Weihnachten, kam sie aufs Revier gelaufen, behauptete, ihr Schwiegersohn Masloff hätte sie zusammengeschlagen. Sie hatte blutige Schrammen am Kopf und ein blaues Auge. Aber Masloff, den wir dann haben holen lassen, sah ebenso ramponiert aus wie sie! Und er behauptete, dass sie angefangen und er sich bloß gewehrt hätte. Wie die Kinder. Feine Verhältnisse.«

Aber dann kam überraschend die Ross keine Stunde später doch noch aufs Rathaus, ganz freiwillig, wie sie betonte.

Eine große kräftige Frau mit strähnigen blonden Haaren und einem steinharten, kantigen Gesicht, über das tiefe Falten wie Gräben verlaufen.

»Einer« habe ihr davon berichtet, dass die Polizei nach ihr verlange, und so sei sie sofort aufs Rathaus geeilt.

Ich hielt ihr zunächst ihre frühere Aussage, die sie gegenüber Wehn gemacht hatte, vor Augen.

»Bleiben Sie bei dem, was Sie gesagt haben, Frau Ross, oder haben Sie daran etwas zu ändern?«

Ihre schwarzen Augen sprühten Funken.

»Ich hab noch viel mehr zu sagen, Herr!«

»Na, da bin ich aber gespannt. Ich mache Sie aber

darauf aufmerksam, dass Sie unter Eid aussagen müssen.«

Das schreckte sie so wenig wie ihren Schwiegersohn. Sie schwor.

Neu an ihrer Aussage war, dass sie nun auch selbst in eigener Person am Mordtag höchst verdächtige Vorgänge im Hause Lewy beobachtet haben wollte.

»Um sieben am Abend bin ich hin, den Sonntag, um mit Frau Lewy zu sprechen über die Hausmädchen, die sie kann brauchen. Wir sitzen im Esszimmer, und da höre ich mit Mal was von unten ausm Keller. Stimmen und Gemurmel und so'n Geflüster.«

»Geflüster. Das hörten Sie die Kellertreppe hinauf bis ins Esszimmer?«

Sie begriff sofort die Ironie.

»Das war, als die Helene, die Tochter Lewy, die Treppe hochkam, mit einer Küchenlampe in der Hand, und die Tür aufmachte. Ganz erschrocken war sie, wie sie mich sah, machte die Lampe sofort aus.«

»Und weiter?«

Sie zuckte die Achseln.

»Wie, das war schon alles, was Sie beobachtet haben, Frau Ross?«

»Nn-ja. Aber das ist nicht alles, was ich weiß! Noch lange nicht.« Ihre beiden Töchter, Auguste und Martha, die gelegentlich ebenfalls bei Lewys als Dienstmägde arbeiteten, hätten ebenso Verdächtiges entdeckt. Martha sei kurz nach Winters Ermordung ein Taschentuch in der Lewyschen Wäsche aufgefallen,

»viel reiner als die anderen«, mit dem »Emblem EW«. Und Auguste habe einige Zeit später hinter dem Ofen eine silberne Uhrkette liegen sehen, »genauso eine wie die vom Winter verschwundene«.

»Woher kennt denn Ihre Tochter Winters Uhrkette? War sie mit ihm persönlich bekannt?«

Auch diese kleine Falle erkannte sie sofort.

»Die Beschreibung von Winters Uhrkette kennt doch jeder in Konitz. Aus der Zeitung und so weiter.«

»Das mag stimmen. Ihnen ist aber klar, dass Ihre Töchter das Beobachtete ebenfalls unter Eid beschwören müssen? Tun sie es nicht, bestreiten sie es, hätten nämlich *Sie* sich meineidig gemacht.«

Als Zustimmung senkte sie beinahe aufreizend langsam ihre Augendeckel und hob sie wieder. Scheint sich ihrer Töchter ebenso sicher zu sein wie ihr Schwiegersohn.

»Gut denn, zum entscheidenden Punkt, Frau Ross. Was ist mit dem Knecht, der Ihrer ersten Aussage zufolge dieselben Vorgänge beobachtet haben will wie Ihr Schwiegersohn Masloff?«

Sie schüttelte energisch den kantigen Kopf. Hier müsse sie nun aber wirklich mal was richtigstellen.

»Das hat der Herr damals falsch verstanden. Bitte um Entschuldigung. Ich traf den Knecht am Ostersonntag, nachmittags in Schlochau. Ich suchte nach Arbeitskräften doch für Konitz, die folgende Woche. Er sprach mich auf der Straße an, hatte von mir gehört, dass ich vermittle, und mit einem Mal erzählt er mir, was er gesehen hat, in der Mordnacht, den 11. März. War ihm das Herz denn doch zu schwer geworden von, dass er's loswerden musste.«

»So. Und was hat er Ihnen genau erzählt?«

»Gesehen hat er, aus gewisser Entfernung, ja, dass drei Männer ein schweres Paket, ein langes, von der Mauergasse zur Synagoge hin getragen haben, in der Nacht.«

Die entscheidende Korrektur gegenüber ihrer ersten Aussage bestand nun darin, dass diesmal der Knecht nicht das angebliche Geschehen am selben Ort gesehen haben wollte wie Schwiegersohn Masloff. Dann nämlich, das war ihr inzwischen klar (oder klar gemacht) geworden, hätte er direkt neben ihrem Schwiegersohn auf der Lauer gelegen. Und zwar ohne, dass sich die beiden Herren gegenseitig bemerkt hätten!

Nein, in der neuen Version wollte der Knecht *vom anderen Ende* der Mauergasse her gesehen haben, wie die Leiche vom Hof des Schlachters Lewy (vor dem Masloff angeblich auf der Lauer gelegen hatte) zur Synagoge getragen worden sei.

Diese zweite Aussage von Ross widerspricht der von Masloff nicht nur nicht mehr, sondern stützt sie noch. Es gab nun zwei Zeugen für die Behauptungen.

»Wie heißt der Knecht, der Ihnen das berichtet hat?«

»Hat mir nicht seinen Namen gesagt. Vielleicht *hat* er ihn mir auch gesagt. Aber ich hab's dann wohl vergessen.«

Der Name war ihr schon damals auf Wehns Frage hin nicht eingefallen.

»Wenn Sie Gesinde suchen, um es zu vermitteln, führen Sie da kein Buch, Frau Ross?«

»Doch. Aber der Knecht hatte keine Papiere dabei, deshalb hab ich mir erst gar nichts aufgeschrieben.«

Sie war bestens gerüstet zur Vernehmung gekommen. Mir war klar, dass es nur »Einer« vom Komitee gewesen sein konnte, oder Bruhn von der Staatsbürgerzeitung, der sie in der Zeit, da sie angeblich nicht erreichbar gewesen war, auf die Schwachstellen ihrer ersten Aussage aufmerksam gemacht und sie mit »passenderen« Erklärungen präpariert hatte.

Hofrichter, Thiel, Bruhn und Konsorten hatten ihr folglich eingeschärft, dieses Mal Masloffs Aussage zu *bestätigen*, statt ihr wegen des täglichen Kleinkriegs mit dem Schwiegersohn zu widersprechen. Dazu mussten sie ihr gewiss nur den Riesenbatzen Belohnung vor Augen halten, den sie sich mit Masloff teilen könne: Zehntausend Reichsmark, sie würde ihr Lebtag kein Hauspersonal mehr vermitteln müssen, sondern sich fortan *selber* welches leisten können. Und vieles mehr.

Ich entließ sie mit der Aufforderung, am folgenden Tag zusammen mit ihren Töchtern wieder zu erscheinen, um das Protokoll zu unterschreiben und ihre Aussage bestätigen zu lassen.

Sie verabschiedete sich mit einem scheelen Blick auf den Schreiber, der äußerlich vollkommen unbeteiligt

Protokoll geführt hatte – wenn nur alle Beamten in Konitz ihrer Aufgabe so nachgehen würde wie dieser Mann, Zander heißt er.

Wieder zurück im Käfig meines Hotelzimmers, die Cognacflasche halb leer auf dem Tisch, während …

Die inneren Bilder quälen mich. Und deine Worte.

Ich bin schon ganz vergangen, Johann, innen ganz grau.

Ich lachte (tat so): Was denn, grauer als mein Haar?

Wie du da weintest, hemmungslos.

Und ich wusste, es gab keine Zukunft mehr für uns. Jetzt nicht mehr. Es war das Ende. Dachte ich.

Aber das war es noch nicht.

Etwas vollkommen Unerwartetes. Betrifft den Hoteldiener, der unaufgefordert an die Zimmertür klopfte und hereinschlich.

Habe mich gründlich in ihm getäuscht. Er ist durchaus kein Spion des Komitees im Hotel, im Gegenteil, er warnt mich vor Hofrichter und Konsorten. Das Komitee führe was im Schilde, noch in dieser Nacht. Mehr könne er nicht sagen.

Er zeigte mir die Abendausgaben des Konitzer Blatts und der Staatsbürgerzeitung. Übereinstimmend wird darin behauptet, Anna Hoffmann werde morgen, am Mittwoch, *auf ihre Jungfräulichkeit untersucht.* Und ihr Vater werde noch vorher verhaftet.

Es las sich, als würde ich beides, Virginalitätsprüfung und Verhaftung, persönlich vornehmen. Masloffs ›Beobachtungen in der Blutnacht‹ waren ebenso bereits abgedruckt wie eine ›Erklärung des Schlachtermeisters Hoffmann zum Mordfall Winter‹. Denn als ›Mann vom Fach‹ könne dieser ohne jeden Zweifel erkennen, dass nur ein jüdischer Schächtschnitt den Winter getötet haben könne. Dazu müsse man das Messer auf eine ganz bestimmte Weise, so und so und so, anlegen und führen. Das sei bekanntlich bereits Doktor Müller junior aufgefallen, aber in der Folge von der Polizei aus Berlin nicht mehr berücksichtigt worden.

Das Komitee, wusste der junge Hoteldiener, Hermann mit Vornamen, sei bereits am frühen Abend mit Mann und Maus ausgeschwärmt (deshalb die ungewohnte Ruhe im Hotel, als ich vom Rathaus kam).

Man wolle alles gegen die Juden mobilisieren, was in Konitz und Umgebung Beine habe.

»Und das sind ja praktisch alle.«

»Du offenbar nicht, Hermann.«

»Nein. Ich bin ja …«

Er wurde rot wie eine Rose.

»Na was denn, Junge?«

Er schüttelte den Kopf.

»Weiß ja keiner von … und darf auch nicht.«

»Ich sag's nicht weiter. Kannst dich drauf verlassen.«

Er schaute mich eine Weile misstrauisch an. Ich bestand die Prüfung.

»Lene Lewy und ich … wir …«

»Ihr seid ein Paar, du und Lewys Tochter?«

Er nickte.

»Aber sie haben wohl Lunte gerochen.«

»Wer? Hat man euch entdeckt?«

»N-nein, das nicht. Aber ihre Eltern, die Lewys, sie haben was geahnt. Sie haben Lene nach Berlin geschickt. Vor einem Monat. Zu Verwandten.«

»Vielleicht, weil sie ihre Tochter schützen wollen.«

Er sah mich empört an. Du hättest seine Augen sehen müssen, Trud!

Wer war's, der gesagt hat, ich bin nur da Mensch, wo ich spiele? Das stimmt nicht. Müsste heißen: Ich bin nur da Mensch, wo ich liebe. – Aber wem sage ich das, Trud? Jetzt. Heute. Also zu spät.

Ich beschwichtigte den Jungen.

»Nicht vor dir, Hermann, will die Familie deine Lene schützen.«

Das ließe sich anders regeln, einfacher.

»Sondern vor Konitz.«

Mittwoch, 6. Juni, gegen fünf Uhr früh. Die Stadt in Aufruhr. Etwa eine Stunde, nachdem der Hoteldiener mein Zimmer gestern Abend wieder verlassen hatte, gegen zehn etwa, begann das Chaos. Lärmen und Hep-Hep-Rufe drangen vom Marktplatz herüber.

Ging ans Fenster. Jenseits des Platzes, in der Danziger Straße, wogte eine große aufgebrachte Menschenmenge hin und her. Dem Donnern nach zu urteilen flogen bereits Steine und Flaschen gegen die Geschäfte der Juden. Keine Gendarmen erkennbar.

Eilte hinaus, näherte mich dem Treiben von der Katholischen Kirche her, vom etwas erhöhten Kirchhof gewann ich einen ungefähren Überblick. Unbeschreiblicher Lärm. Hunderte, die sich vor Hoffmanns Haus versammelt hatten, er selbst vor seiner Haustür mit wirrem Haar und wildem Blick im heftigen Streitgespräch mit Deditius, der offensichtlich wieder versuchte, zu beschwichtigen. Gegenüber in der Straße warf die Meute Steine gegen die verschlossenen Läden von Lewys Haus.

Mitten darin, aus der Distanz kaum noch erkennbar, ein Dutzend Gendarmen, die handgreiflich, aber erfolglos versuchten, dem Treiben ein Ende zu setzen.

Auf einmal werden mitten aus der Menge auch Kohleschaufeln und Flaschen in die Luft geworfen, sie treffen die eigenen Leute. »Das waren die Juden!«, brüllt jemand, und jetzt stürmen alle in alle Richtungen los, um offenbar zu versuchen, über die Nebenstraßen in die Häuser der Juden einzudringen.

Blanke Lynchjustiz-Stimmung.

Deditius eilt panisch auf die Gendarmen zu, redet auf sie ein, sie nehmen die Verfolgung der Menge in den Seitenstraßen auf. Sinnlos, wie mir sofort klar wird, es müssen inzwischen an die tausend Krawallmacher auf den Beinen sein.

Nun wird Deditius auch selbst beschimpft und von einem stämmigen Mann tätlich angegriffen. Ich verlasse meinen geschützten Platz und eile durch das

Hotel hinaus auf den Platz, ihm zu Hilfe. Er erkennt mich, kann sich lösen von seinem Angreifer und läuft mir entgegen. Wir flüchten, uns krampfhaft an den Armen fassend, zurück zum Vorplatz der Kirche, den die Menge zum Glück nicht ins Visier genommen hat; ihre Angriffsziele befinden sich auf der anderen Seite der Hauptstraße von Konitz. Es sind die jüdischen Häuser.

Deditius keucht völlig außer Atem, ist aber unverletzt, wie's scheint. Nach und nach stößt er das Wenige hervor, was er über die Hintergründe zu sagen weiß.

»Es ist kolportiert worden, vom Komitee und den Zeitungsleuten in Konitz und umliegenden Dörfern, Hoffmann werde morgen wegen Mordes verhaftet. Die Leute kommen seitdem in Scharen, zu Fuß, zu Pferd, im Planwagen, selbst auf Zweirädern.«

Seine Stimme beruhigt sich ein wenig, überschlägt sich nicht mehr.

»Ich habe inzwischen die berittene Polizei alarmiert, sie ist bald einsatzbereit. Zedlitz fordert zusätzlich die Graudenzer Garnison an.«

Vom Baron selbst ist jedoch nichts zu sehen.

Kurz darauf erscheinen tatsächlich Deditius' berittene Gendarmen auf der Szene, ihr imposantes Auftreten schüchtert selbst die verbliebene Menge ein, die sich vor Hoffmanns Haus versammelt hat, um seine vermeintlich unmittelbar bevorstehende Verhaftung zu verhindern.

Die Tumulte verlagern sich nun endgültig in die Seitenstraßen. Wir beschließen, ins Rathaus zu gehen, um dort aktuelle Lageberichte entgegenzunehmen und das Vorgehen der Polizei zu koordinieren.

Doch erst ab etwa ein Uhr heute früh beruhigt sich die Lage allmählich. Und vor einer Stunde, gegen vier Uhr, ist endlich auch die 35. Garnison aus Graudenz eingetroffen, hundertfünfzig Mann, bis an die Zähne bewaffnet. Sie werden rund um den Marktplatz zwangseinquartiert, auf Kosten der Bürgerschaft, die das bezahlen muss. Geschieht ihnen recht.

Endlich ist Ruhe eingekehrt.

Doch das Ganze hat schon jetzt ein Nachspiel, das mich ganz persönlich betrifft. Der Staatsanwalt, der irgendwann in der Nacht ebenfalls im Rathaus eintraf, besteht darauf, dass zunächst nicht weiter gegen Hoffmann und Tochter ermittelt wird. Stattdessen sollen Lewy und Söhne verhört werden. Diese Aufgabe übernehme er selbst in eigener Person. Er sei absolut im Bilde, was die Lewys betreffe.

»Mich haben noch im Laufe des gestrigen Tages Augenzeugenberichte erreicht, wonach Moritz Lewy gut, ja sehr gut mit Ernst Winter bekannt gewesen ist, jedenfalls häufig mit diesem zusammen gesehen wurde. Vielleicht diente er als Lockvogel.«

Settegast spielt doch tatsächlich immer noch die Ritualmordkarte. Als hätte es die Erkenntnisse der letzten Wochen, die kriminaltechnischen Untersuchungen von Puppe und Bischoff gar nicht gegeben. Er verhält sich nicht wie ein Staatsanwalt, sondern wie ein Vertreter dieser Hyänen auf den Straßen, die nichts als lynchen wollen.

Ich schüttelte verärgert den Kopf.

Aber er nahm mich gar nicht zur Kenntnis. Während er sprach, blickte er nicht ein einziges Mal zu mir hin, sondern schaute stets nur den Bürgermeister an.

Er rechne, auch wenn es dessen formal nicht bedürfe, selbstverständlich auf dessen Zustimmung.

»Im Sinne der öffentlichen Ordnung, Herr Bürgermeister! Und um dem Gerechtigkeitsempfinden des Volkes Genüge zu tun.«

Deditius schwieg finster eine Weile und stimmte dann mit einem schweren Seufzer zu.

»Gut denn. Um der öffentlichen Sicherheit willen. Wir müssen in der Tat jeden Anschein von Parteilichkeit vermeiden.«

Settegast sah mich zum ersten Mal in dieser Nacht direkt an, voller Genugtuung.

Dafür schaute nun der Bürgermeister weg.

Ich verstand.

Hier wurde Politik gemacht, mit dem Fall Winter hatte das nichts zu tun. Ich war nicht nur überflüssig geworden, sondern im Wege. Ich verließ den Raum und ging zurück zum Hotel.

Dort, vor wenigen Minuten erst, lief mir zu alledem auch noch Bruhn über den Weg. Er grinste mir frech ins Gesicht, als wolle er sagen, das alles sei erst der Anfang.

Was tue ich hier?

Was kann ich noch tun?

Gegen sechs Uhr am Abend. Die Soldaten sorgen jetzt für Ruhe im Ort. Vorläufig. Deditius hat am Markt einen Aushang anbringen lassen, dass unter allen Umständen Ruhe zu bewahren sei, das Militär werde streng gegen alle Randalierer und Aufsässigen vorgehen.

Doch die Juden trauen dem Frieden nicht, lassen sich öffentlich nicht mehr blicken, ihre Häuser bleiben verrammelt. Von Beyer erfuhr ich, dass sie sich in der vergangenen Nacht bis auf die Dachböden ihrer Häuser hinauf verkrochen hätten, aus Angst um ihr Leben. Und das mit Recht, es kann kein Zweifel daran bestehen, dass sie allesamt gemeuchelt worden wären, wenn man ihrer habhaft geworden wäre.

Settegast hat den Schlachter Lewy erneut unter Eid genommen, und diesmal auch die beiden Söhne, Hugo und Moritz Lewy.

Und was, glaubst du, hat er vom alten Lewy Neues erfahren?

Nichts.

Nichts von Belang jedenfalls.

Für die Lewys war Sonntag, der 11. März ein gewöhnlicher Arbeitstag. Ja, was denn sonst, es war der Tag nach dem Sabbat. Der alte Lewy befand sich den frühen Nachmittag am Rande der Stadt wegen eines Kalbs, das er am Vormittag von einem Gutsarbeiter erworben hatte, danach im Kreis seiner Familie und am Abend in der Kneipe des jüdischen Gastwirts Falkenberg. Dort spielte er bis gegen zehn Uhr Karten und ging dann nach Haus, um gemeinsam mit seinem Ältesten, Moritz, noch einmal nach den Pferden zu sehen und dann schlafen zu gehen. Wie soll er danach Ernst Winter noch begegnet sein, um ihn zu schächten und zu zerstückeln?

Mögen Settegast die Zeugen, die Lewys Angaben bestätigen, nun gefallen oder, weil sie Juden sind, eben nicht gefallen – *juristisch* wird er sie am Ende nicht einfach ignorieren können, indem er sie kollektiv ohne jeden Beweis als Ritualmörder hinstellt. Das weiß diese Karikatur von einem Staatsanwalt ganz genau.

So sucht er sich denn an den Söhnen schadlos zu halten.

Hugo Lewy, der jüngere Sohn, war schon sehr früh am Sonntagmorgen weit aufs Land hinausgefahren, um eine Kuh zu kaufen, doch er wurde nicht handelseinig mit dem Bauern und kam erst spät, gegen sieben am Abend, heim.

»So etwas nennt man dann wohl eine Metzgersfahrt, Inspektor, was?«

»Nun, in diesem Fall nicht, Herr Staatsanwalt. Denn die große Entfernung, die der junge Lewy vom Land in die Stadt nachweislich zurücklegen musste, entlastet ihn jetzt. Meinen Sie nicht?«

Settegast zuckte bloß achtlos die Achseln und fuhr fort in seiner Suada.

Beim Ausspannen des Pferdewagens half Moritz Lewy seinem jüngeren Bruder, der nach dem Abendessen um halb zehn schlafen ging.

Der ältere Lewy-Sohn Moritz war den Tag ebenfalls unterwegs gewesen, um bei einem kaschubischen Bauern nahe der Stadt ein Kalb zu kaufen. Doch er hielt das Tier noch nicht für schlachtreif, unterhielt sich aber eine Weile mit der Bäuerin und besorgte dann noch für den bettlägerigen Mann Medizin aus einer Apotheke in der Stadt.

Settegast zog in seiner typischen Art die Brauen beinahe gefährlich hoch:

»Moritz Lewy kann folglich weder für den späten Nachmittag noch für den frühen Abend angeben, wo er genau gewesen ist und was er getan hat! Das heißt für die Zeit, unmittelbar *bevor* und *nachdem* er seinem Bruder beim Ausspannen geholfen und danach zu Abend gegessen hatte.«

»Sie meinen, er *will* es nicht sagen?«

»Will es nicht, richtig. Will den Winter nicht einmal gekannt haben. Streitet es rundweg ab, obwohl es doch bereits genügend Zeugen gibt – christliche Zeugen –, die ihn zusammen mit Winter haben stehen, gehen und reden sehen.«

»Vielleicht haben beide Seiten recht, Herr Staatsanwalt. Zusammenstehen und übers Wetter reden muss nicht heißen, dass man mit jemandem bekannt ist.«

»Ach was, Haarspalterei, Inspektor! In summa hat sich dieser Moritz Lewy hochgradig verdächtig gemacht.«

Settegasts rotes Gesicht nahm erneut einen triumphierenden Ausdruck an.

»Ich nehme an, Sie haben ihn bereits in Untersuchungshaft genommen, Herr Staatsanwalt?«

Er sah mich an mit spöttischen Augen, die sagten: So, wie Sie es beim Hoffmann und seiner Tochter nicht anders machen wollten!

»Ich will selbst mit dem jungen Lewy sprechen, Herr Staatsanwalt. Berlin wird wissen wollen, was es mit dieser Entwicklung des Falls auf sich hat.«

Die unterschwellige Drohung der ihm übergeordneten Behörden wirkte. Er zog nervös die Brauen zusammen und gab dann nach.

»Bitte, das steht Ihnen frei, Braun. Verhören Sie ihn. Was auch immer Sie sich davon versprechen.«

Du würdest ihn nicht für einen Schlachtergesellen halten, Trud. Moritz Lewy ist ein zierlicher junger Mann, achtundzwanzig Jahre alt, aber jünger wirkend, mit besagtem (offenbar allseits belächelten) Zwicker auf der Nase und einem dünnen Oberlippenbärtchen, das an den Enden kaum Haare zum Zwirbeln hergibt.

In seiner Zelle war er nur noch ein Häuflein Elend. Das sind sie alle, wenn sie die Erfahrung des Eingesperrtseins zum ersten Mal machen: die verschlossene Tür, das hohe Fenster, der karge enge Raum, die Ausweglosigkeit der momentanen Lage.

Ich setzte mich auf den einzigen Stuhl, dem Bett gegenüber, auf dem er kauerte, und kam gleich zur Sache.

»Hören Sie, Lewy, Sie machen da einen gewaltigen Fehler, wenn Sie glauben, Sie kämen davon, ohne uns genauestens zu erklären, was Sie am Nachmittag und Abend des 11. März getan haben. Und zwar vollständig. Wo Sie waren, mit wem Sie sich eventuell getroffen haben et cetera.«

Er schwieg mit trotzigem Ausdruck im schmalen Gesicht.

»Sie können mir vertrauen, Lewy. Es passt keineswegs zu meinen bisherigen Ermittlungen und Annahmen, dass Sie, Ihr Vater oder Ihr Bruder Winters Mörder wären.«

»Sie meinen die Jidden. Uns alle.«

»Ich meine … Also pass auf, Junge. Du sagst, du warst noch an diesem Tag, dem Elften, in der Löwen-Apotheke, um der Bäuerin Medizin für ihren Mann zu besorgen?«

Er nickt.

»Du bringst es den Bauern, redest noch kurz mit den Kaschuben und gehst. Richtig?«

Nickt wieder.

»Wie viel Uhr war das?«

»Drei. Ungefähr.«

»Du warst den ganzen Weg gelaufen, hinaus zu den Bauern?«

Nickt.

»Hugo hatte unseren Pferdewagen mit. Und das Zweirad konnte ich nicht benutzen, weil ich dachte doch, ich würde auf dem Rückweg …«

»Das Kalb mitführen, in Ordnung. – Höchstens eine Stunde brauchtest du zu Fuß zurück in die Stadt. Aber du warst erst um sieben wieder zu Haus, um deinem Bruder beim Ausspannen zu helfen.«

Ich sah ihm eindringlich in die Augen.

»Was hast du also in dieser Zeit, zwischen vier und sieben, gemacht? Darüber können selbst dein Vater und dein Bruder keine Auskunft geben.«

Besonders bedeutsam war natürlich die Zeit nach sechs Uhr, wo Ernst Winter zum letzten Mal gesehen worden war.

Doch er schweigt. Sitzt mit gesenktem Kopf vor dem kahlen Tisch und beißt sich eisern auf die Lippen.

»Lewy, ich sage Ihnen, was passieren wird, wenn Sie uns weiter an der Nase herumführen: Der Staatsanwalt wird Sie des Mordes anklagen. Sie alle. Ihre ganze Familie, mindestens den männlichen Teil. Und die Konitzer, angefangen bei Ihren nächsten Nachbarn, werden über Haus und Hof herfallen, eines Nachts wird alles in Flammen stehen. Und dann gnade Gott, wenn sich darin noch …«

Auf einmal hebt er den dunklen Lockenkopf und schaut mir direkt in die Augen, ein Blick so stumpf, als wäre er schon gestorben.

»Ich war mit Elise zusammen.«

»Wie?«

Die Worte waren so tonlos gekommen, der ganze Satz wie ein einziges zusammenhängendes Wort ausgesprochen, dass ich zuerst den Sinn nicht verstand.

»Den Sonntagnachmittag und den Abend bin ich gewesen mit Elise zusammen. Elise Freitag.«

Ich war sekundenlang sprachlos.

»Was denn, das Mädchen, das beim alten Rudolf Dienst tut?«

Er sah mich erstaunt an.

»Sie kennen sie?«

»Ich stelle die Fragen. Was ist mit dir und Elise Freitag?«

»Wir sind … ein Paar. Seit ein paar Monaten. Aber keiner weiß davon. Und seit dem Mord an Winter treffen wir uns auch nicht mehr. Aus Vorsicht, weil doch alle schauen auf die Jidden, was sie machen, mit wem sie gehn und stehn.«

»Aber ihr lauft euch doch täglich über den Weg, Elise und du?«

»Ja. Das ist schwer. Sehr schwer.«

Rudolfs Wohnung gegenüber der Katholischen Kirche befindet sich eben nicht nur neben dem Haus der Tuchlers, sondern auf der anderen Seite auch gleich neben dem Geschäft der Lewys.

»So. Und wie war das nun am 11. März?«

»Wir waren … wir haben uns getroffen, während Herr Rudolf hat seinen Schlaf gehalten. Waren am Mönchsee zuerst. Aber weit hinten, wo der Wald schon anfängt. Waren spazieren dort, den Nachmittag.«

»In der Zeit zwischen vier und sieben?«

»Ja, ungefähr. Aber es kam uns nicht wie Stunden vor, weil …«

»Schon gut. Und am Abend? Nach acht. Warst du noch mal bei ihr?«

Er nickt.

»Auf ihrem Zimmer. Der alte Rudolf war schon gegangen schlafen, er hört ja nicht mal, ob einer kommt oder geht.«

Er leistete sich ein winziges mageres Lächeln.

»Und das übrige Personal? Der Hausbursche, die Köchin?«

»Johann? Der ist ja auch schon alt, er schläft in seiner Kammer hinten. Und die Köchin, den Sonntagabend ist sie zu ihrer Familie nach Schlochau und durfte zurückkommen erst Montag früh. Außerdem hat Martha, also die Köchin, sie hat selber einen … also …«

»Verstehe.«

Ich lachte kurz auf, konnte mir's nicht verkneifen. Beim alten tauben Rudolf, scheint's, lässt sich's lieben.

»Dein Vater sagt, um zehn hätte er mit dir zusammen nach den Pferden gesehen.«

»Ja. Um Viertel vor zehn bin ich wieder zu Hause gewesen von … Elise.«

»Hat deine Mutter oder sonst jemand denn nicht bemerkt, dass du nach dem Abendessen nicht auf deinem Zimmer warst? Dass du erst kurz vor zehn zurückgekommen bist?«

»Mein Zimmer liegt hinten. Kann auch von der Mauergasse aus dem Haus gehen … und wieder hinein, wenn's mal später wird, um sie nicht zu stören im Schlaf.«

Ich richtete mich auf.

»Dann kommt es jetzt auf sie an, auf Elise. Wird sie es bezeugen, dass du bei ihr warst?«

Er sah mich offen an. Hoffnung und Angst zu gleichen Teilen in seinem Blick.

Das Mädchen erschrak, mich schon wieder zu sehen. Und sie ahnte wohl auch schon, dass es diesmal um Moritz Lewy ging. Die Nachricht, die Lewys seien zum Verhör abgeholt und Moritz verhaftet, hatte sich in Windeseile in der Stadt verbreitet. Dafür sorgten das Überwachungskomitee, Konitzer Blatt und Staatsbürgerzeitung alle zusammen. Und erwartungsgemäß trugen die Leute seitdem wieder glattere Gesichtszüge.

Elise Freitag wurde bleich in ihrem sonst so frischen runden Gesicht, als ich sie mit Moritz Lewys Aussage konfrontierte.

»Jetzt werde ich meine Stelle verlieren.«

»Warum solltest du, Mädchen? Sag nur die Wahrheit. Von mir wird es keiner erfahren.«

Sie sah mich ungläubig an.

»Mein Wort drauf.«

Sie fing an zu weinen. Die Angst.

Sie redete trotzdem nicht lange um den heißen Brei. Andernfalls hätte ich sie zum verschärften Verhör noch aufs Rathaus bringen müssen; das musste ich ihr nicht zweimal einschärfen.

»Ja, Herr Inspektor, am Nachmittag waren wir spazieren, Moritz und ich. Zwischen vier ungefähr und kurz vor sieben, das stimmt. Ich hatte frei den Nachmittag. Wo Herr Rudolf doch immer schläft am Sonntag.«

»War's nicht kalt draußen am See?«

»Doch. Aber die Sonne schien zuerst noch und ...«

»Und am Abend? War er da ebenfalls bei dir? Lüg mich nicht an, Elise!«

»Ja, das stimmt! Den Abend kam er wieder zu mir. Kurz nach acht. Bis knapp vor zehne. Wie immer, wenn wir uns ... also früher. Herr Rudolf war schon zu Bette und die Martha fort, zu ihren Verwandten. Und der Johann, hinten in seiner Kammer ...«

Sie machte eine matte wegwerfende Geste mit der kräftigen jungen Hand und ließ den Kopf sinken.

Ich präsentierte Settegast unverzüglich meine Ergebnisse.

»Moritz Lewy war in der fraglichen Zeit mit seinem Mädchen zusammen. Vollständig von ihr bezeugt.«

»Seinem Mädchen, aha. Und der Leumund des Frauenzimmers?«

»Tadellos.«

Allemal besser als der von Masloff, Ross und Sippe.

»Das Mädchen, eine gewisse Elise Freitag, Dienstmagd bei Rudolf, bestätigt Moritz Lewys Aussage, dass er zwischen vier und sieben mit ihr spazieren und zwischen acht und zehn am Abend auf ihrem Zimmer war. – Ich erwarte, Herr Staatsanwalt, dass Sie Moritz Lewy unverzüglich wieder freilassen. Die Aussage von Elise Freitag verträgt sich kein bisschen mit Ihrer Theorie und den zeitlichen Angaben von Masloff und Ross, die, das müssen Sie doch zugeben, obskurer kaum sein könnten.«

Er blickte mich kalt, scheinbar ohne innere Beteiligung, an, nur seine Brauen zuckten wieder nervös.

»Obskur oder nicht, das entscheiden nicht Sie, Braun, sondern ein Gericht. Im Übrigen, wenn die Stadt davon erführe, dass der Verdächtige Lewy wieder auf freiem Fuß wäre, garantiere ich für nichts mehr.«

»Es geht hier um Recht und Gesetz, Herr Staatsanwalt. Nicht um die Meinung am Stammtisch. Außerdem, das Militär wird sich auch weiterhin in der Stadt Respekt verschaffen. Wir sind hier in Preußen, nicht bei den Buren.«

»Eben deshalb, weil wir in Preußen sind, Braun, bleibt der Mann in Untersuchungshaft. Verdacht auf Meineid.«

»Meineid? Wie kommen sie jetzt darauf?«

»Eidliche Falschaussage des Moritz Lewy, mit dem Winter nicht bekannt gewesen zu sein. Ich wies Sie schon darauf hin.«

Er wandte sich bereits halb ab.

»Und noch eins, Inspektor: Sie wissen hoffentlich, was Sie der Zeugin, dem Liebchen des jungen Lewy, angetan haben. Sie wird herkommen, ihre Aussage unter Eid wiederholen müssen, darauf bestehe ich. Auch vor Gericht, wenn es zur Verhandlung kommt. Das war Ihnen doch klar?«

Zumindest habe ich es befürchtet.

Die Lüge gehört mitunter zu unserem Geschäft mit der Wahrheit.

Hast du mich auch dafür verabscheut?

Für das, was ich dem Mädchen zugemutet habe, würdest du es tun, nicht wahr?

Aber sag, hatte ich denn eine Wahl, eine andere Möglichkeit, die Wahrheit herauszufinden – und gerichtsfest bestätigt zu bekommen?

Immer und immer, wer weiß, wie lange schon, starre ich auf diese Notiz von dir.

Nicht mal zwei Zeilen:

Es war alles ein Irrtum, Johann. Leb wohl. Ich spüre mich schon nicht mehr. Trud.

Nicht mal mehr: *Deine* Trud.

Und mit *ihm* bist du gegangen, deinen letzten Weg.

Mit Scheidt.

Wenigstens, dass man euch nicht zusammen gefunden hat.

Aber *du*, Trud. Du.

Hinter Glas, in eisiger Luft, totes Schneewittchen. Der Zettel an deinem braunen Zeh, »Fundort Plötzensee«. Dein Kleid ganz verdreckt und …

Hast du denn daran nicht gedacht: Wie man dich finden würde? Dass *ich* dich so sehen musste?

Wie musst du mich verachtet haben zuletzt. Das ist das Schlimmste.

Sonntag, 10. Juni, halb zehn.

Die Katastrophe ist da.

Auf dem Marktplatz tobt eine unüberschaubare, aufgebrachte Menge, die Gesichter wutverzerrt. Sehe sie von meinem Hotelzimmer aus.

Es sind Hunderte, vielleicht Tausende.

Aus der ganzen Stadt, dem gesamten Umland müssen sie hergekommen sein. Zu Fuß, mit dem Zweirad, das manche sogar noch in dem Gedränge mit sich führen. Viele sicher auch mit der Eisenbahn. Männer, Frauen, Kinder.

Aufgewiegelt, da bin ich sicher, vom ›Komitee‹ und seinen Helfershelfern. Alte, Junge, Arbeiter, Bauern, Städter, Bürgersleute aller Art, soweit ich sehe. In der einen Hand das Gebetbuch, in der anderen den Stein, die Flasche, den Knüppel – sogar die Axt!

Soeben ist der Gottesdienst zu Ende, immer mehr Menschen strömen auf den Platz. Es wird skandiert, deutlich zu hören die Hasstiraden: »Hep-Hep«, »Schlagt die Juden tot!« Und die Geste des Kehledurchschneidens mit dem ausgestreckten Finger den Hals entlang.

Nicht mal der Landrat zu Pferd, trotz der Gendarmen an seiner Seite, scheint den Pöbel beruhigen zu können. Selbst er nur eine lächerlich wirkende Figur vor der Gewalt des aufgewiegelten Mobs.

Aber die Soldaten, fragst du, das Militär?

Die Soldaten sind ja längst abgezogen, am Donnerstag schon hat Zedlitz sie zurück in ihr Graudenzer Quartier geschickt. Die Lage sei unter Kontrolle, hat er dem Innenminister telegrafiert.

In Wahrheit ging es ihm wohl nur darum, den Konitzern die Kosten der Unterbringung zu ersparen und sich Liebkind bei ihnen zu machen.

Was nützt ihm das jetzt?

Ja, die Stimmung war ruhig bis zum Donnerstagabend. Aber dann verbreitete das Konitzer Blatt am Abend, gegen Hoffmann werde nunmehr verschärft ermittelt. Und die angeblichen Kronzeugen seiner Entlastung, Masloff und Ross, »ausgerechnet die Zeugen der Blutschuld der Juden«, wären bereits verhaftet.

In der Nacht dann wurde an den kürzlich erst erneuerten Zaun rund um die Synagoge Feuer gelegt. Auch einige der angrenzenden Hütten am Mönchsee wurden angezündet. Die Feuerwehr kämpfte zugleich gegen die Flammen und gegen die Bürger, die sie mit Steinwürfen daran zu hindern suchten.

Am nächsten Morgen in der Staatsbürger-Zeitung: Die Juden selbst hätten versucht, ihren Tempel niederzubrennen, um sämtliche Beweise ihrer Schuld zu vernichten. Denn in der Synagoge hätten sie Ernst Winters Leichnam geschändet.

Warum aber ist dann auch der Schuppen von Hoffmann in Flammen aufgegangen? Welche Beweise wurden *dort* vernichtet?

Noch am Freitag legten die Zeitungen nach. Die Konitzer behauptete, nun wären auch in der Gegend von Tuchel und Frankenhagen zwei christliche Jungen verschwunden, seit einer Woche würden sie vermisst. In Wahrheit waren sie längst gefunden, die Eltern hatten die Polizei schon benachrichtigt. Die Kinder hatten sich lediglich verlaufen.

In den folgenden Nächten wieder Steinwürfe und Hep-Hep-Gegröle in den Straßen von Konitz. Aber von Zedlitz weigerte sich strikt, seine Fehlentscheidung zu korrigieren und das Militär zurückzurufen. Er habe Autorität genug, die Massen zu beruhigen, notfalls trete er ihnen persönlich entgegen.

Das Resultat sehe ich nun unten auf dem Marktplatz.

Mir gab man gestern die Order, mich der Menge vorerst nicht zu zeigen, strikt im Hotel zu bleiben, da man mich (und den Bürgermeister) in erster Linie für »die Begünstigung der Juden« (Settegast) verantwortlich mache.

Eben erkannte ich Deditius. Flüchtete vor einer Gruppe Wahnsinniger ins Rathaus, wo er hoffentlich Schutz gefunden hat. Auch von Zedlitz muss es gesehen haben. Doch die Masse erhebt sich nun auch gegen ihren Landrat, hoch zu Ross. Geht auf ihn los. Und jetzt ziehen seine Gendarmen die Säbel, legen die Gewehre an! Will er etwa schießen lassen? In der Menge Frauen und Kinder! Kann in diesem Käfig nicht bleiben.

DAS LETZTE OPFER

Berlin, 16. Sept. 01 / Notizen: Besuch von Braun am Vorm., 11 Uhr.

Joh. Braun, Kriminalinspektor der Berliner Polizei, kenne ihn schon seit dem Xantenprozess '91, von dem ich damals berichtete. – Heute nicht wiederzuerkennen, der Mann. Kaum über fünfzig und doch zwanzig Jahre älter aussehend. Ein Wrack. Sein Waterloo heißt Konitz, der Winter-Mord, weshalb er mich denn auch sprechen wollte.

Weiß nicht, was ich von ihm halten soll. Macht geradezu verzweifelten Eindruck. Kollege Willms von der Berlinischen glaubt, es hänge alles mit Brauns trag. Ehe zusammen, Freitod der Ehefrau nie verwunden. Sie beinahe 20 J. jünger, ehem. Schauspielerin (resp. Tingeltangel), kleistisches Ende, mit einem erfolglosen Schauspielerkollegen (Josephi-Konkurrent) zusammen ins Wasser gegangen, wenngleich profaner (Plötzensee).

Braun danach auch beruflich beinahe gefallen wie im Felde, eben in Konitz, auf dem Höhepunkt des Pogroms vom 10. Juni durch den Pöbel dort schwer verletzt. Das Erlebnis wirkt offenbar nach, eine ganze Std. berichtet er mir en détail davon, bevor er zur eigentlichen Mordsache kommt.

Heiliger Zorn. Dass der Landrat (Zedlitz) ein Esel

wäre, nichtsnutziger Junker, der viel zu spät das Militär in die Stadt zurückbeordert hätte. Dass man hernach den »mutigen und vernünftigen Deditius« (Bürgermeister v. Konitz) beurlaubt und dann versetzt hätte, anstatt den »Herdengänger von Staatsanwalt« in die Wüste zu jagen.

Soweit ich wisse, hielt ich ihm vor, sei Settegast, der Staatsanwalt, durch einen neuen abgelöst. Der jedoch, Schweigger, das wussten wir beide, ist beinahe noch schlimmer als der alte. Settegast ist bloß ein Opportunist, Schweigger aber ein Antisemit übelster Sorte.

Aber es war noch Settegast, der damals, im Herbst Null, den jungen Lewy hinter Gitter gebracht hat, so viel ist wahr.

Vier Jahre vom Konitzer Landger. für Moritz Lewy. Meineid. Wegen der Behauptung, er kenne Ernst Winter nicht. Die Zeugen gegen ihn sämtlich Christen. Dito die Geschworenen. Das Urteil vorhersehbar.

Dagegen Milde gegen die Denunzianten Masloff & Ross (1 Jahr für M., 2 ½ J. für R.) wegen Meineids.

Ein Kuriosum, an das ich mich gut erinnere: Es war am Ende ein Meteorologe, Prof. Paszotta aus Konitz, der ihrer beider Aussagen ad absurdum führte: Weder Masloff noch Ross' (unbekannter) Kronzeuge konnte, wie behauptet, im Mondschein Beobachtungen in Konitz' schmalen Gassen gemacht haben: Der Mond stand viel zu tief in der Nacht vom 11. zum 12. März.

Überhaupt die Prozess-Flut in Konitz: Klage Hoffmann gegen den Konitzer Kantor (Verleumdg.),

Hoffm. gegen Synagogenrat (dito), Martha Hoffmann gegen Zeitschr. Simplicissimus (Beleidigung), Deditius gegen einen Gymnasiallehrer und umgekehrt (Verleumdg.) etc pp. Schließlich auch Vater Winter gegen Vater Lewy (Zivilklage).

Wenigstens aber Freispruch in der Sache Israelski (wg. Begünstigg. des unbek. Mörders, Paragr. 257): aus Mangel an Beweisen. Eine Posse. Nur nicht für den armen Israelski selbst, der so viele Monate unschuldig und sinnlos in Haft saß.

Braun übergibt mir schließlich (m. zittrigen Händen) einen Stoß Papiere zur freien Verwendung (s. Anh. ›Konitz-Prozesse‹). Sauber getippt, aber an den Rändern stellenw. etwas angeschmutzt ... Überfliege die Seiten und frage ihn spontan, ob er nicht im Falle der Veröffentlichg. des Typoskripts ernstlich diskreditiert sei, ob nicht gar seine Laufbahn als Kriminaler letztlich auf dem Spiel stehe.

Kryptische Antwort: »Im Gegenteil. Eben dadurch stelle ich sie wieder her.«

Der Mord an Ernst Winter. Neue Indizien zur Aufklärung / Von Joh. Braun, Kriminalinspektor, Berlin im Sept. 1901

Ich kehrte im Frühjahr 1901 nach Konitz zurück. Der Anlass dafür waren neue Funde von Leichenteilen (weitere Teile der Extremitäten: linker Arm, getrennt davon die Hand, linker Fuß), die Ernst Winter zugeordnet werden konnten. Ihr

Verwesungszustand ließ den Schluss zu, dass sie bereits unmittelbar nach der Mordtat in verschiedene Abortgruben geworfen worden waren. Berlin befürchtete nun den Ausbruch neuer Unruhen in der Region.
Aber die Stadt war nicht mehr dieselbe. Das Militär beherrschte das Bild, Trupps von zwanzig Soldaten patrouillierten Tag und Nacht durch die Straßen, mehr als fünfhundert Mann waren seit der Katastrophe vom Vorjahr in Konitz stationiert.
Am 10. Juni, dem Tag der schlimmsten Ausschreitungen in Konitz und in ganz Westpreußen bis nach Pommern und Posen, hatten sich die Soldaten in den Kasernen befunden – vor drei Tagen erst zurückgeschickt vom undurchsichtigen Landrat Baron von Zedlitz, der die Gefahr von Krawallen und Pogromen für überwunden erklärt hatte. An jenem verhängnisvollen Sonntag im Juni 1900 aber war er plötzlich sogar bereit, die Stadtgendarmen auf die Menge, darunter Frauen und Kinder, schießen zu lassen, um der Krawalle Herr zu werden. Der Landrat hatte den Schießbefehl zum Glück nicht ausführen lassen, doch die Menge war durch die Androhung und die Vorbereitungen dazu endgültig außer Kontrolle geraten.
Das war der Moment gewesen, als ich glaubte, eingreifen zu müssen, jedenfalls nicht weiter von meinem Hotelzimmer aus dem Treiben in der Stadt tatenlos zusehen zu dürfen. Doch bereits auf dem

Weg zum Marktplatz wurde ich von Konitzer Bürgern erkannt und durch Steinwürfe so schwer am Kopf verletzt, dass ich ohnmächtig wurde.

Ich kann nicht sagen, warum ich am Leben blieb, weshalb man mich nicht vollends totschlug und durch wessen Hilfe ich ins örtliche Krankenhaus gebracht worden war. Kurz, ich wurde gerettet, aber durch diese Umstände kenne ich das Ergebnis der Krawalle nur aus den Polizeiberichten und von Augenzeugen, darunter der Bürgermeister Deditius.

Die wütende Menschenmenge, die am Sonntagmorgen aus dem ganzen Umkreis nach Konitz gekommen war, zog sich nach den Messfeiern auf dem Marktplatz zusammen und forderte die Freilassung des Tatverdächtigen Gustav Hoffmann, der jedoch noch gar nicht inhaftiert worden war. Außerdem sollten auch die ›Kronzeugen der jüdischen Blutschuld‹, Bernhard Masloff und Anna Ross, aus der Untersuchungshaft entlassen werden. Dabei erfreuten sich beide nach wie vor ihrer Freiheit.

Selbst wenn Hoffmann, Masloff und Ross zu diesem Zeitpunkt nicht wie vom Erdboden verschluckt gewesen wären – es war wohl einfach so, dass es die wutschnaubende, amorphe Masse nach Taten dürstete. Den ganzen Tag über wurde randaliert, Steinregen gegen jüdische Häuser, ein Geschäft geplündert und vollständig verwüstet, das unvorsichtigerweise noch nicht verschlossen und verbarrikadiert war. Schließlich am späten Nachmittag dann die Synagoge gestürmt. Alles darin niedergemacht, was am Donnerstag zuvor noch nicht vollständig zerstört worden war. Übrig blieb eine Ruine.

Noch bei meiner Rückkehr im Frühjahr 1901 wurde die notdürftig wiedererrichtete Synagoge rund um die Uhr von Soldaten bewacht. Wie auch die jüdischen Geschäfte in der Danziger Straße, alle sechzig Schritt stand ein Soldat.

Doch wer konnte unter einem erzwungenen und selbst unter Waffengewalt noch brüchigen Frieden auf die Dauer leben? Ein Drittel der fünfhundert Konitzer Juden war bereits fortgezogen. Auch Adolph Lewy, gegen den am Ende wegen fehlender Beweise ebenso wenig Anklage erhoben wurde wie gegen Schlachter Hoffmann, hatte sein Geschäft aufgegeben und war mit der Familie nach Berlin gezogen, nachdem sein Sohn wegen Meineids verurteilt worden war und einsaß.

Bezeichnenderweise war es gerade die Verurteilung von Moritz Lewy gewesen, welche die christliche Volksseele in Konitz beschwichtigte. Das Motto: Wenn wir den Juden schon den Mord nicht nachweisen können, so soll doch wenigstens einer von ihnen wegen einer geringeren Sache büßen.

In dem dreiviertel Jahr, das seit Ernst Winters Ermordung vergangen war und das ich nach der leidlichen Wiederherstellung meiner Gesundheit in Berlin mit Aufgaben im Innendienst verbracht hatte, war mir jedoch nach und nach schmerzlich bewusst geworden, dass *ich selbst* zu den Unruhen wesentlich Ursache gegeben hatte. Und zwar unnötigerweise.

Ich hatte mich allzu schnell von der Vorstellung leiten lassen, dass der Fleischermeister Hoffmann als streng, ja eifersüchtig über den Lebenswandel seiner Töchter wachender, erzreligiöser Vater ein Motiv für den Mord an Ernst Winter haben *musste*. – Doch hatte er wirklich eins?

Es fehlte am Ende der Beweis, dass Anna Hoffmann Ernst Winter nicht nur flüchtig kannte, sondern ein Verhältnis mit ihm hatte, intim genug, um die Wut des Vaters zu entflammen.

Dieser Beweis fehlte schließlich ebenso wie auf der anderen Seite der, dass Moritz Lewy mit Winter gut bekannt gewesen sei. Lewy wurde ungeachtet zweifelhafter, ja widersprüchlichster Zeugenaussagen verurteilt. Er war bereits vorverurteilt, als die Liste der Geschworenen feststand und diese dann vernahmen, dass er ein christliches Mädchen verführt habe.

Elise Freitag, ehemals Dienstmädchen im Haushalt des Konitzer Gymnasialprofessors a.D. Rudolf, hatte ihr intimes Zusammensein mit Lewy in der Nacht des Mordes vor der Staatsanwaltschaft zu beeiden gehabt. Ihr Verhältnis mit Moritz Lewy wurde vom Ersten Staatsanwalt auch vor Gericht in allen Details ans Licht gezerrt, um die moralische Verderbtheit des Angeklagten unter Beweis zu stellen. Infolgedessen verlor sie ihre Stellung bei Rudolf und sah sich gezwungen, die Stadt zu verlassen. Vermutlich ist sie zurück zu ihren Eltern aufs Land gezogen.

Doch ich hatte Hoffmann ebenfalls vorverurteilt. Seit dem Tag, als das unselige Taschentuch der Schulinspektorengattin Rohde eine Verbindung zwischen ihm, seiner Tochter Anna und Winters Leiche herzustellen schien. Ich hatte die *Möglichkeit* für die *Wahrscheinlichkeit* genommen und im weiteren Schritt die Wahrscheinlichkeit für die Gewissheit. Eine trügerische Gewissheit, ein schwerwiegender Fehler, eine Geistesverwirrung geradezu, mit Folgen, die mich bis heute bedrücken.

Nun aber, Monate später, war ich zurück in Konitz – trotz gewisser Bedenken des Innenministeriums, ich könne von der Konitzer Bevölkerung noch immer als Stein des Anstoßes betrachtet werden.

Ich war jedoch entschlossen, meinen Fehler wiedergutzumachen. Wenn weder Lewy noch Hoffmann den Mord an Ernst Winter begangen hatten, musste sich der wahre Mörder nach wie vor in der Stadt befinden. Davon war ich überzeugt.

Der Angelpunkt für meine neue Untersuchung des

Falls war nun ein Detail, das, wie mir inzwischen schien, bisher nur unzureichend untersucht worden war. Der im Graben hinter dem Schützenhaus gefundene Kopf von Ernst Winters Leiche war in eine alte Zeitung eingewickelt gewesen. Am verwesenden Fleisch der Wangenknochen hafteten Reste der Täglichen Rundschau vom 29. April 1896. Die Polizei hatte sich anfangs nur darauf konzentriert, nach weiteren Resten dieser Ausgabe oder überhaupt die Tägliche Rundschau bei den beiden Hauptverdächtigen, Hoffmann und Lewy, zu suchen. Bei Lewy fand man nichts, und Hoffmann stritt rundheraus ab, »eine derartige Zeitung« auch nur in die Hand zu nehmen, geschweige denn zu beziehen.

Hoffmanns harsches Urteil über das Blatt war aus seiner Sicht verständlich, denn die Rundschau ist liberal, wird in Berlin verlegt und führt in Konitz und Umgebung ein Schattendasein im Vergleich zu der lokalen und regionalen westpreußischen Presse, die überwiegend christlich, konservativ und antisemitisch ist.

Meine Überlegung war nun, dass die Zahl derer, die in der Konitzer Region die Tägliche Rundschau abonniert hatten, überschaubar sein musste. Ohne ein weiteres Mal voreilige Schlüsse zu ziehen, ließen sich daraus vielleicht weitere Hinweise ableiten, die uns zum Mörder Ernst Winters führen konnten.

In der Tat erbrachte eine entsprechende Nachfrage in der Buchhaltung der Rundschau in Berlin, dass es in und um Konitz nur ein gutes Dutzend Abonnenten (!) der Zeitung gab, die das Blatt bereits im Jahr 1896 bezogen hatten.
Mit diesem erstaunlichen Ergebnis war ich erneut nach Konitz gereist. Ich betraute dort den Kriminalschutzmann Beyer, eine gewissenhafte Natur und ein guter, beharrlicher Polizist mit hervorragender Ortskenntnis und gutem Gespür für den Menschenschlag seiner Heimat, mit der Aufgabe, die zwölf Abonnenten unter die Lupe zu nehmen. [Verhöre mit d. Personen können auf Verlangen vollst. vorgelegt werden.] Die Vernehmung eines Bauern aus dem Dorf Paglau bei Konitz namens Borrmann, Abonnent der Rundschau seit vielen Jahren, brachte schließlich eine echte Überraschung. Der Bauer erwähnte wie nebenbei, dass schon der alte Masloff und nach ihm auch sein »meineidiger Sohn Bernhard« auf dem Borrmann-Hof als Knechte gearbeitet hätten. Zu den Aufgaben des jungen Masloff zählte vor allem das Schlachten von Schafen, er habe darin eine ziemliche Geschicklichkeit entwickelt.
Diese Auskunft, ganz unbedarft geäußert, traf mich wie ein Schlag. Unmittelbar vor dem Mord an Ernst Winter hatte Masloff, wie er selbst ausgesagt hatte, bereits bei seiner jungen Frau in der Wohnung seiner Schwiegermutter Anna Ross

gewohnt. In äußerst beengten Verhältnissen, da auch sein Schwager Berg mit seiner Frau Auguste dort lebte.

Ich beschloss, die Wohnung von Anna Ross, mittlerweile rechtskräftig wegen Meineids in Haft, zu inspizieren. Sie lag in der Postallstraße, einer kleinen, nachts unbeleuchteten und schmutzigen Gasse mit niedrigen baufälligen Häusern. Beyer machte mich darauf aufmerksam, dass die Straße gewissermaßen die Schmutzgrenze zu den Häusern des besseren Publikums in Konitz darstelle. In der Tat verlief die Postallstraße wie eine Abortrinne nördlich des Konitzer Marktplatzes und der bürgerlichen Mühlenstraße.

Wir verschafften uns Zutritt zur im Parterre befindlichen Wohnung der Ross in der Postallstraße 162, missmutig empfangen von ihrer Tochter Auguste, gleichsam einem Gegenentwurf zur kräftigen Mutter, ausgemergelt und dürr, mit gedecktem Blick, als ob sie jederzeit neue Schläge erwartete. Ihr Mann, Johann Berg, sei aushäusig. Beyer machte eine entsprechende Handbewegung, um anzuzeigen, dass Berg gewiss in einer Pinte »beschäftigt« sei. [Genaue Beschreibung der äußeren Verhältnisse in der Wohnung kann auf Verlangen nachgereicht werden.]

In dem an die Küche angrenzenden Zimmer, zugleich Wohn- und Schlafraum, trat ich ans Fenster, Beyer stellte sich neben mich.

Wir starrten durch das verdreckte Fensterglas auf die rückwärtige Fassade des Hauses gegenüber, am anderen Ende des tristen Hinterhofs. Und wir realisierten, dass es das Haus von Bäckermeister Lange war. Ebenfalls im Parterre befand sich die ehemalige Wohnung von Ernst Winter, also gleich gegenüber, wie ich nun schlagartig erkannte! Das rückwärtige Fenster der Wohnung ging zum Hinterhof hinaus, ohne die Gardine hätte man direkt hineinsehen können.

Ich wandte mich aufgeregt an Auguste Berg.

»Hat dieses Haus einen Keller?«

Sie zögerte merklich und nickte dann stumm und missmutig.

Mir wurde beinahe übel und ich empfand tiefe Scham über diesen neuerlichen Beweis, in welch unerklärlichem Maß ich als Ermittler im vergangenen Jahr versagt hatte.

Wir verließen die Ross'sche Wohnung, umrundeten den Wohnblock und kamen über eine enge Stichgasse voller Unrat zum Haus des Bäckermeisters Lange, mit der Fassade zum Marktplatz hin.

Er erschrak bis ins Mark darüber, mich nach der langen Zeit so plötzlich wiederzusehen. Ich muss ihm erschienen sein wie ein Gespenst.

Nein, er wisse nicht, wer drüben auf der anderen Seite des Hinterhofs wohne oder gewohnt habe, das liederliche Publikum drüben interessiere ihn nicht, und er habe auch seinen Lehrlingen untersagt, in welcher Form auch immer Kontakte zur jenseitigen Nachbarschaft zu knüpfen. Ernst Winter habe er dies ebenfalls eingeschärft, und er sei davon ausgegangen, dass der Junge sich an sein Verbot gehalten habe.

Auch in diesem Fall wusste es sein Lehrjunge besser, derselbe, der schon um Winters Verkehr mit der Prostituierten Wilhelmine Kammerov gewusst hatte. Zwar konnte er nichts über Winters Beziehungen zu den heutigen Mietern im Parterre jenseits des Hinterhofs sagen. Aber vor Anna Ross hatte ein gewisser Senske in der Wohnung gelebt. Dieser Senske hatte eine hübsche sechzehnjährige Tochter, mit der Ernst Winter geschlafen habe, so oft sich die Gelegenheit bot. In Senskes Wohnung. Ernst Winter kannte die Ross'sche Wohnung also und hatte bereits früher Erfahrung darin, sich durch das ihm geöffnete Fenster Zutritt zu verschaffen; für einen sportlichen Jungen wie ihn eine leichte Übung.

Gewohnheiten, Erfahrungen und Ortskenntnisse von Tätern wie auch von Opfern spielen erfahrungsgemäß eine große Rolle bei der Aufklärung von Mordfällen. Es war für mich deshalb endgültig keine Frage mehr, wen er dort am Sonntag, dem 11. März besucht haben könnte. Für Beyer ebenso wenig: »Die Jüngere, Hübsche, die Martha.« Masloffs damals erst einundzwanzigjährige Frau.

[Protokolle der später durchgeführten, scharfen

Verhöre des Masloff-Schwagers Johann Berg und der beiden Ross-Töchter, Martha u. Auguste auf Verlangen vollst. einsehbar.] Hartnäckige Leugner alle drei. Aber sie hatten ja auch viel zu verlieren: ihre Freiheit. Natürlich stritten sie alles ab. Nein, Martha hätte nicht mit dem Winter verkehrt, sie könne sich nicht mal erinnern, ob sie überhaupt in der Wohnung ihrer Mutter gewesen sei an jenem Sonntag. Zeugen für ihren Aufenthalt konnte sie infolge ihrer Erinnerungslücken allerdings auch nicht nennen.

Ihre ältere Schwester Auguste wollte am 11. März einer Witwe Kuligk bei der Wäsche geholfen haben, was später von dieser bestätigt wurde.

Auch Berg gab vor, damals zur fraglichen Zeit nicht in der Wohnung gewesen zu sein, er habe sich in Sängers Lokal aufgehalten. Zusammen mit Masloff. Der Wirt könne das bestätigen.

Das konnte er in der Tat, doch erinnerte sich der Gastwirt auch daran noch, dass er die beiden schon am frühen Abend hatte hinauswerfen müssen, weil sie einen selbst für Konitzer Kneipenverhältnisse äußerst bösen Streit mit einem weiteren Gast angefangen hatten.

Masloff hatte dagegen früher ausgesagt, er habe an dem Nachmittag des ›Blutsonntags‹ persönliche Sachen aus seiner gekündigten Wohnung in der Arbeitersiedlung Hohe Höfe abgeholt. Erst am frühen Abend sei er in Sängers Lokal eingekehrt, um es erst nachts wieder zu verlassen. Vom Schwager Berg war dabei nicht die Rede gewesen, und auch seine angeblichen Beobachtungen hinter Lewys Fleischerei wollte er in der Nacht allein gemacht haben.

Damals war Masloff nur als Zeuge vernommen worden, jetzt aber, mit den neuen Erkenntnissen, war er in meinen Augen dringend tatverdächtig, zusammen mit seinem Schwager Berg.

Was hatten Masloff und Berg in Wahrheit gemacht, nachdem sie am frühen Abend aus Sängers Lokal hinausgeworfen worden waren? Der Tathergang und sein Vorlauf standen mir nun auf einmal glasklar vor Augen: Angetrunken und wütend wegen des Rauswurfs hatten sie sich auf den Heimweg gemacht. Dort aber hatten sie Masloffs hübsche junge Frau Martha in flagranti beim Verkehr mit dem jungen gut aussehenden Winter in der Wohnung überrascht. Zu zweit stürzten sie sich auf den entsetzten und in seiner Lage sicher nahezu wehrlosen Winter. Sie schickten die Frau hinaus, sofern sie nicht bereits aus dem Zimmer, der Wohnung geflüchtet war. Dann aber pressten sie das Gesicht des Gymnasiasten, der dem notorischen Säufer und Schläger Masloff so unverfroren Hörner aufgesetzt hatte, in ein Kissen, das gewiss schnell zur Hand war, bis er sich nicht mehr rührte. Anschließend wurde die Leiche in den darunter befindlichen Keller geschleift und zerstückelt.

Dort war es auch kalt genug, dass die Verwesung stark verzögert wurde und kein Leichengeruch nach außen drang, solange die Temperaturen so niedrig blieben, wie das tatsächlich der Fall war.
Und welche Rolle spielten die Schwiegermutter und die Frauen der beiden Männer?
Sie halfen beim Vertuschen der Tat und später beim Entsorgen der Leichenteile! Davon war ich überzeugt, und es gab entsprechende Indizien dafür. Bei einem der ersten Funde waren im Schnee Fußspuren, vermutlich von einer Frau, entdeckt worden. Und durch die gezielte Streuung der Leichenteile über die ganze Stadt trugen die Frauen dazu bei, den ohnehin schon vorhandenen Verdacht gegen die Juden aufs Äußerste zu verstärken? Bis Masloff und Ross – freilich in bewährter Konkurrenz zueinander – schließlich sogar versuchten, durch eigene Verleumdungen gegen Lewy und seine Familie der Belohnung teilhaftig zu werden.
Mit diesen Anschuldigungen konfrontierte ich Berg, seine Frau Auguste und Martha Masloff getrennt, in scharfen Verhören. Doch selbstverständlich hatte jeder von ihnen dafür nur gespielte Empörung übrig.
Es war an der Zeit, endlich auch Masloff zu verhören, diesmal als Tatverdächtigen. Ebenso Anna Ross, deren Aufenthalt am Nachmittag des Mordtages überhaupt unklar war. Ihre (nicht eben

gedankenschnelle) Tochter Auguste hatte auf mein bewusst mäanderndes Fragen hin ganz unbedacht ausgesagt, jawohl, ihre Mutter habe im letzten Jahr unter anderem auch die Wäsche im Hause Plath besorgt. Ein weiterer Mosaikstein, der auf sehr einfache Weise (Diebstahl) erklären konnte, wie die Paketschnur und das Sackleinen des Schneiders Plath zum Verschnüren von Winters Leiche hatte verwendet werden können.

Der Kopf dagegen war in eine alte Ausgabe der Täglichen Rundschau eingewickelt gewesen, die Masloff, wie wir nun wussten, leicht vom Borrmannschen Hof mitgebracht haben konnte.

Da Masloff und Ross (im Unterschied zu Lewy, den man nach Berlin verbannt hatte) im Konitzer Stadtgefängnis einsaßen, brauchte ich für die Vernehmungen die formale Genehmigung der Justiz, das heißt des neu eingesetzten Staatsanwalts Schweigger.

Doch dieser lehnte rundweg ab.

Er sei, teilte er mir unter vier Augen mit, wie sein Vorgänger Settegast und wie im Übrigen fast alle Konitzer, nach wie vor davon überzeugt, dass es sich nur um einen Ritualmord von Israeliten gehandelt haben konnte. Dafür gebe es eine Vielzahl evidenter Hinweise, wie ich doch zugeben müsse, wenngleich leider Gottes wie so oft im Leben keine unumstößlichen justiziablen Beweise vorlägen. Und offensichtlich hätte ich wie im Vor-

jahr gegen Hoffmann auch jetzt wieder nichts als Vermutungen für meine neuen Anschuldigungen anzubieten; darauf könne er jedoch keine haltbare Anklage bauen. Im Übrigen seien die Familien Masloff und Ross doch schon über Gebühr gestraft. Zumal das Gericht insbesondere Masloffs Aussage nicht grundsätzlich infrage gestellt, sondern ihn nur wegen widersprüchlicher Details, die etwa den versuchten Fleischdiebstahl, die Dauer, genaue Uhrzeit und den exakten Posten seiner Beobachtungen betrafen, des Meineids für schuldig befunden habe. Kurz, ich solle es gut sein lassen und zurück nach Berlin fahren.
Ich stritt die abenteuerlich falsche, verharmlosende Begründung des Gerichts für den Schuldspruch gegen Masloff zwar nicht ab, bestand aber auf einem Verhör des Tatverdächtigen. Daraufhin schrieb Schweigger umgehend eine Beschwerde nach Berlin, ich schüre durch neue unbewiesene Behauptungen wiederum Unruhe unter der Bevölkerung. Nach den notorisch schlechten Erfahrungen seines Vorgängers Settegast mit meiner Person und Arbeitsweise bitte er darum, mich schnellstmöglich von allen weiteren Ermittlungen im Fall Winter zu entbinden und nach Berlin zurückzubeordern. Das Ministerium sah daraufhin die eigenen Bedenken bestätigt, und ich wurde von dem Fall abgezogen. Diesmal endgültig.

Fazit nach wiederholter Lektüre des Braun'schen Typoskripts: Es kann m.E. kein Zweifel daran bestehen, dass Braun den Winter-Mord überzeugend aufgeklärt hat!

Derselbe Masloff, welcher zuvor (neben Fleischer Hoffmann) als einer der Hauptbelastungszeugen gegen den Juden Lewy aufgetreten war, ist in Wahrheit selbst der Mörder Ernst Winters gewesen. Masloff hat sein Opfer aus Wut und Eifersucht (assistiert vom Schwager Berg) vorsätzlich getötet und anschließend (mit seinen Fertigkeiten als Schafsschlachter) zerteilt wie ein Vieh, um die Leichenteile später unter tätiger Mithilfe der Frauen Ross, Masloff und Berg im ganzen Stadtgebiet nach und nach zu deponieren. In einer Weise, dass es die Wut der Konitzer Bürger immer mehr anfachte und den ohnehin schon vorhandenen Verdacht endgültig auf die Juden lenkte, wozu Masloff selbst und seine Familie durch ihre anschließenden Falschaussagen noch maßgeblich beitrugen.

Das Dilemma freilich: Was soll ich als Journalist aus dieser Geschichte machen, wenn schon der bereits einmal gescheiterte Ermittler auch im zweiten Anlauf gezwungen ist, das Messer in der Sau stecken zu lassen?

Teilte ihm mit, dass ich mehr als diese neue Indizienkette bräuchte, um die Konitz-Affäre nach über einem Jahr der Öffentlichkeit wieder in Erinnerung zu rufen. Im Grunde bräuchte ich wie der (freilich unsägliche) Staatsanwalt: Beweise.

19. Jan. 1904, Nachspiel zur Konitz-Affäre: Schwurgerichtsverhandlung gegen drei Angeklagte aus Stegers, Dorf in Westpr., Landgerichtsbez. Konitz.

Am 28. Sept. 03 war der durchreisende Schriftsetzer, Abraham Lewy, 60, in Schülkes Wirtschaft zu Tode geprügelt worden. Schlossermeister Hahn und Nachtwächter Vergin schlugen nach Schließung der Kneipe mitten im Schankraum stundenlang auf den Juden ein. Wollten so aus ihm ›Geständnis‹ herausprügeln, ›dass die Juden Christenblut bräuchten, und wer den Ernst Winter geschlachtet‹ habe. Gastwirt Schülke griff nicht ein, selbst als mit einem ›Bullenpeser‹ (Stock mit Bleiknopf, sog. Totschläger) auf Lewys Kopf eingeschlagen wurde. Die Männer schleiften den bereits halb toten Mann in sein Zimmer, wo er am nächsten Morgen vor Schmerzen das Lager nicht verlassen konnte. Der Wirt ließ ihn liegen, ohne einen Arzt zu rufen, sodass Lewy noch am selben Tag starb. Freisprüche für Vergin und Schülke, ein Jahr für Hahn wegen gefährl. Körperverletzg. [Meldung]

21. Okt. 1907. Inspektor Braun überr. am Telefon. Brüchige dünne Stimme, aber sonst klar. Er wisse aus sicherer Quelle, ich wolle rückblickend über die Konitz-Affäre schreiben (meint ›Kulturhistorische Kriminal-Prozesse‹), er könne mir jetzt sogar mit neuen Entwicklungen dienen. – Masloff und Frau lebten nach seiner Haftentlassung Ende 01 in Halberstadt. Nun habe eine Wohnungsnachbarin die dortige Poli-

zei alarmiert. Sie hätte mit angehört, wie das Paar sich heftig gestritten. In der Hitze des Gefechts hätte Martha Masloff ihren Mann offen beschuldigt, Ernst Winter ermordet zu haben, den sie aufrichtig geliebt und der, obwohl noch so jung, ein ganzer Kerl gewesen sei, kein Schlappschwanz wie er, Masloff etc.

Brauns Kollegen in Halberstadt schalteten darauf den zuständigen Oberstaatsanwalt aus Halle ein. Der aber weigere sich, in irgendeiner Weise tätig zu werden. Der Leumund der Nachbarin wäre selbst nicht astrein, ihre Aussage daher unglaubwürdig.

»Und nun raten Sie mal, Friedländer, um wen es sich bei diesem Staatsanwalt handelt? Um keinen anderen als Schweigger aus Konitz! Vor einem Jahr aus der tiefen westpreußischen Provinz glücklich versetzt nach Halle!«

Könne ich nicht mittels Presseartikel, ich schriebe doch für so viele liberale Blätter, Druck auf Schweigger ausüben, damit endlich die Wahrheit ans Licht käme?

Antwortete ihm, dass ich in der Tat kommendes Jahr den ›Winter-Mord‹ in mein Buch aufnehmen werde. Doch das Kriterium für die Aufnahme der Fälle darin sei allein die kulturhistor. Bedeutung der Prozesse (s. Buchtitel) und damit notwendigerweise die Aufklärungsarbeit zum Zeitpunkt des Gerichtsverfahrens. Das gelte nun mal auch für die Konitzer Mordaffäre. Daher laute mein letzter Satz zu dem Fall: »Der Täter dieses furchtbaren Verbrechens wurde nicht entdeckt.«

Es täte mir außerordentlich leid für ihn.
Doch er hatte bereits aufgelegt.

10. Dezember 1914. Gestern längeres Gespräch mit Redaktionsleiter Hilferding vom Vorwärts. U.a. über ehem. Kriminalinsp. Braun gesprochen. Hilferdings Kollege, Polizeireporter Kern, will aus sicherer Quelle erfahren haben, dass Braun, schon vor Jahren auf eig. Wunsch aus dem Polizeidienst ausgeschieden, sich nun trotz seines Alters als Freiwilliger zur Front gemeldet haben soll.

»Natürlich abgelehnt.«

Seitdem spurlos verschwunden, kein Lebenszeichen mehr von ihm.

Inspektor Braun, für mich das letzte tragische Opfer der Konitzer Affäre.

DANK

Mein besonderer Dank gilt Susanne für die Unterstützung bei den Recherchen vor Ort in Polen, Marie für die gewohnt kritische Lektüre und hilfreiche Hinweise sowie Claudia Senghaas, die die Bedeutung dieses Buchprojekts mit sicherem Blick sofort erkannt hat!

HERBERT BECKMANN
Verrohung

978-3-8392-1510-4 (Paperback)
978-3-8392-4315-2 (pdf)
978-3-8392-4314-5 (epub)

»Der Berliner Profiler Eli Mattay in einem atemberaubend realistischen Szenario!«

Zuerst trifft es eine junge Frau in einem Multiplexkino am Potsdamer Platz. Auf sie wird ein tödlicher Brandanschlag verübt. Verrohte Jugendliche? Eine Beziehungstat?

Kurz darauf wird ein alter Mann, russischer Einwanderer, gegenüber dem Sony-Center vor einen Bus gestoßen. Und eine Globalisierungskritikerin wird inmitten einer Demonstration erstochen. Die Morde und eine Welle wahnwitziger Nachahmungstaten halten ganz Berlin in Atem. Den Profiler Eli Mattay betreffen sie bald auch persönlich …

CLAUDIUS CRÖNERT
Siegeszeichen

978-3-8392-1769-6 (Paperback)
978-3-8392-4801-0 (pdf)
978-3-8392-4800-3 (epub)

»Ein ergreifender Kriminalroman zwischen Liebe, Verzweiflung und den Grenzen der Moral«

Für eine teure Behandlung seiner schwerkranken Tochter benötigt der ehemalige Bereitschaftspolizist Nathan Fleming viel Geld. Nach tödlichen Schüssen auf einen Jugendlichen heuert Nathan, selbst seelisch angeschlagen, als Personenschützer bei einem rechtspopulistischen Politiker an. Bald erkennt er, wie skrupellos dieser Mann handelt, um mit seiner Partei in die Schlagzeilen zu kommen. Nathan trifft eine folgenschwere Entscheidung, die ihn in höchste Gefahr bringt.

UWE KLAUSNER
Führerbefehl

978-3-8392-1800-6 (Paperback)
978-3-8392-4861-4 (pdf)
978-3-8392-4860-7 (epub)

»Auf der Jagd nach den verschollenen Manuskripten von Hitlers Lieblingsoper«

Berlin, April 1945: Hitler erteilt den Befehl, in seinem Besitz befindliche Manuskripte und Aufzeichnungen von Richard Wagner aus der belagerten Reichshauptstadt fortzuschaffen.

West-Berlin, März 1968: Ein Journalist, der sich im Besitz von Originalpartituren Richard Wagners befindet, und ein Münchner Staranwalt. Zwei Männer, die kurz hintereinander tot aufgefunden werden. Zwei verschiedene Fälle? So sieht es zumindest im ersten Moment aus, doch dann kommt Hauptkommissar Tom Sydow einer geheimnisvollen Verbindung auf die Spur.

GMEINER SPANNUNG

WWW.GMEINER-VERLAG.DE
Wir machen's spannend

CHRISTOPH BEYER
Heimzahlung

978-3-8392-1742-9 (Paperback)
978-3-8392-4747-1 (pdf)
978-3-8392-4746-4 (epub)

»Von Jägern zu Gejagten: Das Ermittlerduo Bach und Fürst ermittelt in seinem ersten Fall zu einem brisanten und hochaktuellen Thema.«

Eine Gasexplosion erschüttert den Osnabrücker Stadtteil Sutthausen. Das Opfer: der ehemalige Kinderheimzögling Armin Sommer. Hauptkommissar Richard Fürst tippt zunächst auf Suizid, doch brisante Dokumente enthüllen, dass der Verstorbene mutmaßlichen Nazi-Kriegsverbrechern auf der Spur war.

Gemeinsam mit dem jungen Wissenschaftler Jonathan Bach setzt sich Fürst auf die Fährte dieser Männer. Als ein kaltblütiger Mord geschieht, beginnt ein gnadenloser Wettlauf gegen die Zeit.

Das Neueste aus der Gmeiner-Bibliothek

Unsere Lesermagazine

Bestellen Sie das kostenlose KrimiJournal in Ihrer Buchhandlung oder unter www.gmeiner-verlag.de

Informieren Sie sich ...

www ... auf unserer Homepage:
www.gmeiner-verlag.de

@ ... über unseren Newsletter:
Melden Sie sich für unseren Newsletter an unter www.gmeiner-verlag.de/newsletter

f ... werden Sie Fan auf Facebook:
www.facebook.com/gmeiner.verlag

Mitmachen und gewinnen!

Schicken Sie uns Ihre Meinung zu unseren Büchern per Mail an gewinnspiel@gmeiner-verlag.de und nehmen Sie automatisch an unserem Jahresgewinnspiel mit »mörderisch guten« Preisen teil!

GMEINER SPANNUNG

WWW.GMEINER-VERLAG.DE
Wir machen's spannend